바다가 들리는 편의점 4

KONBINI KYODAI 4 : TENDERNESS MOJI-KO KOGANEMURA-TEN
by MACHIDA Sonoko
Copyright © Sonoko Machida 2024 All rights reserved.
Original Japanese edition published in 2024 by SHINCHOSHA Publishing Co., Ltd.
Korean translation rights arranged with SHINCHOSHA Publishing Co., Ltd.
through Danny Hong Agency
Korean translation copyrights © 2025 by O'FAN HOUSE

이 책의 한국어판 저작권은 대니홍 에이전시를 통한 저작권사와의 독점 계약으로
㈜오팬하우스에 있습니다.
저작권법에 의해 한국 내에서 보호를 받는 저작물이므로 무단전재와 복제를 금합니다.

바다가 들리는 편의점 4

마치다 소노코 지음
황국영 옮김

일러두기

- 원서의 간사이와 규슈 지역 방언은 모두 우리말의 표준어로 표기했습니다.
- 인명 표기는 국립국어원 외래어 표기법을 따랐으나 다른 인명과 혼동이 생길 우려가 있거나 애칭으로 등장하는 이름은 입말에 가까운 발음을 살렸습니다.

프롤로그 008

새출발을 위하여, 건배 031

히어로를 꿈꿨던 남자 099

우리의 우정, 그리고 히어로 175

에필로그 225

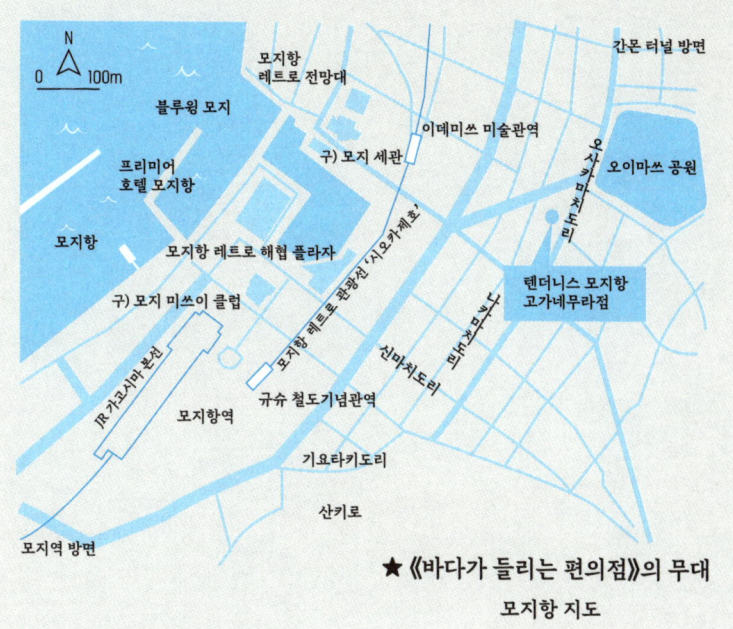

★ 《바다가 들리는 편의점》의 무대
모지항 지도

프롤로그

사랑해 마지않는 나의 시바 씨가 귀신에 홀렸다는 사실을 안 지 벌써 5일이나 지났건만, 아무것도 하지 못했다.

〈긴급〉 영능력자가 되는 법 좀 가르쳐 주세요.
〈공유 부탁〉 퇴마 가능한 사람 소개 부탁드립니다.
#RT요망 #도와줘 #퇴마사절찬모집 #영능력자컴온 #사례_느닷없이경단무한제공

SNS를 활용해 여러 곳에 글을 올렸다. 인터넷 지식 검색에도 물어봤다. 퇴마사가 나오는 영화와 드라마 섭렵뿐 아니라, 실제 체험담을 바탕으로 한 만화책도 읽었다. 지도 교수님께도 물어봤다. 하지만 수확은 없다. 교수님은 도움 대신 "공부 열심히 하게"라며 황금당(이 사탕, 달고 맛있더라)만 쥐여 주었다.

영능력자가 되는 법도, 단번에 악령을 퇴치해 주는 '절에서 태어난 T 씨'도 찾지 못한 채 시간만 흐르고 있다.

"있지, 마키오. 나 어떡하면 좋을까?"

온 세상에 대고 외쳤으나 누구에게도 닿지 않은 듯한, 차갑게 식어 가는 내가 쓴 게시물을 물끄러미 쳐다보다 핸드폰에 정신이 팔린 마키오에게 물었다.

"화제가 되긴커녕 조회 수 올리기에만 급급한 봇 계정도 무시하네. 나의 이 비통한 절규를 아무도 들어주지 않는다니!"

"사기 안 당한 것만 해도 다행이지."

마키오는 자기 집 거실에 드러누워 뒹굴뒹굴 핸드폰만 만지작거리고 있다. 나는 마키오 아버지가 애용하는 좌식 의자에 앉아 핸드폰과 눈싸움 중이었다.

"오늘날의 일본, 이대로 괜찮은가! 이토록 괴로워하는 미녀 여대생이 존재하거늘 누구도 도움의 손길을 뻗지 않는 이 삭막한 사회라니, 문제가 심각하지 않은가!"

"영능력자 컴 온, 느닷없이 경단 무한 제공, 이딴 얘기만 늘어놓는데 누가 네 말을 심각하게 받아들이겠냐."

"오라, 영능력자여! 이렇게 쓸 걸 그랬나?"

"…나카마 유키에(초자연적 현상의 진실을 파헤치는 드라마에 출연한 여배우―옮긴이 주)는 와 줄지도 모르겠네."

마키오는 눈길조차 주지 않고 말했다. 톡톡, 핸드폰만 두드리고 있다.

"이렇게 된 이상… 사랑의 힘에 기대는 수밖에 없겠군. 나의 사랑으로 시바 씨한테 씐 귀신을 해치워 버리겠어!"

왜, 소설 같은 데 자주 나오지 않는가. 그렇게 시작해서 사랑이 싹트는 그런 이야기. 그러나 마키오는 표정 하나 바꾸지 않고 "사랑으로 대체 뭘 어쩌겠다는 거야" 하고 물었다.

"뭐? 그야…. 뭐냐, 그래, 지구를 구하지."

"헛소리하고 있네."

흥, 콧방귀 뀌며 웃는 모습에 짜증이 솟구친다. 사랑의 힘을 얕보지 말라고.

"애초에 시바 씨가 귀신에 씐 게 진짜긴 해? 내 눈에는 멀쩡해 보이던데."

"내 말이. 나도 믿을 수가 없었다니까? 바로 옆에 여자가 떡하니 있는데 그게 내 눈에만 보인다고?"

다시 생각해도 소름이 돋는다. 아무리 봐도 살아있는 인간의 모습이 아니었다.

"아무튼 좋겠네, 귀신이라니. 나도 한 번쯤은 보고 싶은데."

"뭐야, 영험한 절의 아들놈이 그딴 아마추어 같은 말을 하다니."

"뭐래, 난 그냥 평범한 사람이거든?"

"하긴, 프로인 너희 아버지도 난 못 해, 라면서 웃어넘기셨지…."

쓰루타 마키오는 '쓰루마루'라는 유서 깊은(진짜인지 아닌지는 모르지만) 절의 아들이다. 그곳의 주지인 마키오의 아버지에게 "아저씨, 퇴마 좀 해주세요!" 하고 곧바로 부탁해 봤지만 깔끔하게 거절당했다. "와카짱, 난 귀신을 만나면 바로 기절해 버릴걸?"

생글생글 사람 좋은 얼굴로 웃는 아저씨의 모습에 그냥 포기해 버렸다. 그러고 보니 마키오의 아버지가 짓는 무서운 표정은 단 한번도 본 적 없다. 아마 악령을 보더라도 "아이고, 무서워라. 부탁인데 어지간하면 알아서 성불 좀 해 줄래?"라며 합장이나 하겠지.

"오케이. 쓰루마루는 가망이 없는 걸로 치고(이 말을 듣고 마키오는 심드렁한 말투로 '남의 집에다 대고 가망이 없다니'라고 말했다). 그런 거 없어? 절 네트워크? 그런 데서 영능력자를 찾아줄 수도 있잖아."

적어도 나 같은 일반인보다야 그 분야에 정통할 거 아냐. 그러나 마키오는 매정하게 "그런 거 없는데?"라고 답할 뿐이다.

아니 근데, 이 자식 나한테 협조할 생각이 있긴 한 거야? 소꿉친구가 이렇게 필사적인데 발 벗고 나설 생각이 들지 않아?

"그러지 말고 마키오, 진지하게 좀 고민해 봐. 시바 씨의 목숨이 달려 있다고."

귀신에 씌어 생기를 잃어 가다 결국엔 죽음을 맞이하는 얘기 못 들어 봤냐고. 그런 일은 절대로 용납할 수 없어. 시바 씨와 평생 붙어 있다가 저승에까지 끌고 가 버리다니, 그런 고약한 짓거리를 내가 그냥 두고 볼 거 같아? 만약 그렇게 되면 나야말로 귀신이 돼서 저주를 내릴 테다. 산 인간이 가장 강하다는 걸 몸소 보여 주겠어. 내가 마냥 겁먹고만 있을 줄 알아? 어?!

"흠. 뭐 별거 없을 수도 있긴 한데 이런 데나 가 볼래?"

톡톡, 쉴 새 없이 화면을 두드리던 마키오가 핸드폰을 들이밀었다.

"어어? 뭐야… 히코산?"

후쿠오카현 다가와군에서 오이타현 나카츠시까지 이어진 산이란다.

"이게 뭔데."

"여기가 일본 내 3대 수행지 중 하나인 산이래. 지금도 야마부시(산에서 영적 수련을 하는 수행자를 일컫는 말—옮긴이 주)들이 도를 닦고 있다던데. 그런 사람 중에 영능력자가 있을지도 모르잖아? 뭐 만날 수 있다는 보장은 없지만."

"야마부시!"

세상에! 듣고 보니 그럴듯했다. 핸드폰으로 야마부시를 검색하니 야마부시의 시조가 아스카 시대부터 이름을 떨친 엔노 오즈노란다. 들어 봤어. 어라, 이게 뭐야. 영혼과 신을 거느리는 주술사였다고? 오호, 다른 영혼을 이용해 악령을 벌했다니…. 더할 나위 없잖아!

"뭐야, 마키오. 날 위해 알아보고 있던 거야? 고맙네. 난 또 시답잖은 핸드폰 게임이나 하는 줄 알았지."

"어허, 핸드폰 게임 무시하지 마라. 난 진심이라고."

"미안, 미안. 핸드폰 게임 만세! 그건 그렇고 마키오, 뭐 하고 있어. 당장 출발해야지."

"내가 너 그럴 줄 알았다. 아, 근데 여기 꽤 멀던데."

하아, 마키오는 긴 한숨을 쉬면서도 몸을 일으키며 "와카, 기름값 반은 네가 내"라고 말했다.

"당연하지. 마키오 넌 역시 너무 다정하다니까."

"네 말대로 시바 씨가 정말 귀신에 홀린 거라면 걱정 안 할 수가 없잖아."

아이고 내 팔자야, 라며 마키오가 자동차 열쇠를 집어 들었다.

"후유, 그럼 드라이브를 한번 떠나 볼까나… 야, 와카. 너 어디 가!"

"산에 간다며. 얼른 편한 옷으로 갈아입고 올게!"

나는 곧바로 우리 집을 향해 뛰었다.

○

 히코산은 예상보다 더 멀었다. 험한 산을 오를 각오로 왔는데 의외로 눈에 띄는 암벽 같은 건 없었다.
 산을 조금 올라 나오는 주차장에 차를 세우자, 근처에 슬로프카(경사면을 오르는 모노레일 형태의 이동 수단─옮긴이 주) 역이 보였다. 이 슬로프카를 타면 위에 있는 히코산 신궁에 갈 수 있는 모양이었다.
 "걸어 올라가는 게 아니었어?"
 고등학교 때 입던 자주색 체육복을 위아래로 걸치고, 마찬가지로 고등학교 때 신었던 운동화를 신었다. 거기에 목에 수건까지 감고 왔는데…. 화사한 옷차림으로 역을 향해 걸어가는 비슷한 또래 여자아이들의 모습을 멍하니 바라본다. 뭐야, 원피스를 입은 사람도, 하이힐을 신은 사람도 있잖아?
 "걸어 올라가는 참배 길도 있긴 한 모양인데 편하게 가면 좋잖아. 와카, 넌 걸어 올라올 거야? 난 저거 탈래."
 마키오가 고민도 하지 않고 말했다.
 "싫어! 편한 길이 있는데 내가 왜!"
 일부러 이렇게 입고 왔는데, 괜히 이랬네. 툴툴대며 슬로프카를 타러 갔다.
 버스와 모양이 비슷한 예쁜 슬로프카에 좀 전에 봤던 여자들이 같이 탔다. 은은한 향수 냄새가 퍼진다. 신이 나서 내일 이야기를 하며 시끌벅적 즐거워한다.

무릎이 늘어나 그 부분만 천이 얄팍해진, 자수로 학교 이름이 들어간 체육복을 입고 고무줄로 머리를 질끈 묶은 내 모습이 저 사람들 눈엔 어떻게 보일까. 잠깐 이런 생각이 들기도 했지만 금세 아무렇지 않아졌다.

사람을 구하는 데 치장 따윈 필요 없다! 기다려요, 시바 씨. 당신을 위해 최선을 다할 테니까…! 머릿속에서 영화 〈고스트버스터즈〉의 주제곡이 흐르기 시작했다.

"와카, 저것 좀 봐. 엄청나게 깊은 숲속이야. 단풍이 좀 더 들었을 때 오면 너무 예쁘겠다. 새빨갛게 물들겠어."

마키오는 태평하게 창밖의 경치를 즐기고 있었다. 야, 너도 결연한 표정 좀 지어 봐. 너는 이쪽 사람이잖아.

10분 정도 걸려 도착한 히코산 신궁의 봉폐전 건물은 장엄했다. 역사가 고스란히 느껴지면서도 여전히 선명한 붉은 색이 아름다웠다. 공기가 유난히 맑다. 숨을 들이쉬자 초조했던 마음이 조금씩 가라앉았다.

"후우, 마키오. 나 여기 마음에 들어. 뭔가 차분해지는 기분이야."

"아빠한테 들었는데 절이나 사찰에도 궁합이라는 게 있대. 자기한테 맞는 곳이랑 아닌 곳이 있다더라."

"오호, 왠지 맞는 말 같아."

둘이 나란히 서서 참배했다. "내 사랑 시바 미쓰히코 님을 홀린 망할 귀신을 물리칠 수 있게 도와주세요"라고 절절하게 빌었다. 염원이 너무 강했는지 무심결에 입 밖으로 소리 내고 있었던 모양이다. 마키오에게 입 좀 다물라고 구박받았.

참배를 마친 후 주변을 둘러봤다. 당연한 일이겠지만 야마부시로 보이는 사람은 찾을 수 없었다. 눈길을 확 끈 것은 커다랗고 다부진 체구의 한 남자였다. 수련복 차림에 고무창이 달린 슬리퍼를 신었으나 머리가 무려 스킨헤드였다. 혹시 여기서 지내는 사람인가? 그러기엔 소프트아이스크림을 먹고 있는 데다가 복장도 희한하잖아. 뭐 하는 사람인지 아리송하다. 궁금해하는 사이 남자는 자취를 감췄다.

익숙해 보이는 모습으로 주변 사진을 찍고 있던 아저씨에게 "혹시 어디로 가면 야마부시를 만날 수 있는지 아시나요?" 하고 묻자 "야마부시를 연구하는 분인가?"라며 부드럽게 답했다. "아주 좋은 공부를 하는 학생이구먼. 모노레일 타고 왔어? 밑에 '야마부시 문화재실'이라는 곳이 있는데 거기 자료가 많으니까 한번 가 봐. 근처에 야마부시 묘지도 있는데."

"아, 그게 아니라…. 야마부시를 직접 만나고 싶어서요."

"만나고 싶다고?"

아저씨는 어리둥절한 표정을 지었다. 그러더니 눈썹을 늘어뜨리며 말했다.

"그건 쉽지 않을 텐데. 설령 여기에 있다고 해도 깊은 산속에서 수행 중일 테니까."

"산…."

무심코 등 뒤에 펼쳐진 숲을 돌아봤다.

"거기, 일반인도 들어갈 수 있을까요?"

"수행자들이 아무나 드나들 수 있는 데서 수행하진 않겠지. 무슨 행사가 있을 때는 모습을 드러내기도 하는데 최근에는 못 본 거 같네."

"그렇군요…."

그렇다고 행사가 열릴 때까지 기다릴 수는 없는 노릇이다.

"수행자의 기분을 맛보고 싶은 거라면 좀 더 올라가 보지 그래? 거기 가면 절의 본전인 상궁이 있거든. 가는 길이 좀 험하긴 해도 경치가 아주 좋아. 아, 근데 오늘은 시간이 좀 빠듯할지도 모르겠네. 나중에 한번 가 봐."

아저씨는 손목시계를 확인하며 친절하게 알려 주더니 마키오를 향해 "아주 열정 넘치는 학생이네요"라고 웃으며 말하고는 자리를 떴다.

"어라? 지금 이거 뭐야?"

"내가 너를 데리고 온 선생님으로 보였나 봐."

"우리 동갑인데?"

"그렇게 안 보이나 보지."

이해가 안 되네. 하지만 지금은 그런 거나 따지고 있을 때가 아니었다. 팔짱을 낀 채 울창한 숲을 지긋이 바라보았다.

"있지, 마키오. 내 안의 잠재력을 믿고 이 산으로 돌격하는 건 무모한 도전일까. 나한테 알 수 없는 힘이 있다면 운명적으로 야마부시를 만날 수 있지 않을까."

"너한테 그런 힘이 있을 리가 없고, 무모한 걸 알면 물어보질 마."

"그래도. 적어도 규슈에 곰은 없잖아?"

"살무사랑 장수말벌은 있지."

"히잉."

원통하다. 여기까지 와서 아무 수확도 없이 돌아간다고?

"뭐, 영험한 산의 신에게 빌 만큼 빌었으니 어떻게든 되겠지."

마키오가 위로 같지도 않은 말을 한다.

"어떻게든 된다니."

아무것도 얻은 게 없는데. 하, 헛걸음만 했네.

그렇다고 여기에서 풀 죽어 있어 봤자 아무 소용도 없겠지. 다시 한번 봉폐전에 절하며 확실히 기도를 올린 후 돌아가기로 했다. 간절함을 담아 시주함에 500엔을 추가로 넣었다. 3일 후에나 아르바이트비가 들어올 예정이라 재정 상태가 간당간당했지만, 대의를 위해 이 정도의 희생은 감수하기로 한다.

"마키오, 나 내려갈 때는 슬로프카 안 탈래. 내 힘으로 내려갈 거야."

슬로프카 역으로 향하던 마키오에게 말하자 "헉, 진짜로?"라며 놀란 얼굴을 했다.

"걱정하지 마. 같이 가자고 안 할 테니까. 뛰어 내려가면서 갈 곳 잃은 뜨거운 마음을 발산하겠어. 먼저 가서 기다려."

"과한 거 같은데."

마키오는 잠시 질렸다는 표정을 지었지만 이내 알았다고 답하며 말했다.

"내려가서 시원한 음료수도 사고 차에 에어컨도 틀어 놓을게. 다치지나 마."

"오, 든든한데!"

마키오와 헤어진 후 참배 길로 향했다.

나무와 풀에 둘러싸인 돌길을 걷다 보니 마음이 평온해졌다. 계절마다 이런저런 꽃들을 피우겠지. 신이 머무는 장소는 역시나 아름답구나. 맑은 공기, 근사한 풍경.

깡충깡충 산을 뛰어 내려가면서 '그래도 그렇지, 이게 뭐람'이라고 생각했다. 사랑하는 사람에게 도움이 되고 싶었는데 무능력한 자신이 한심했다. 순수한 사랑의 마음으로 빌고 또 빌었는데, 결국 기적은 일어나지 않았다.

시바 씨에게 무슨 일이 생기면 어떡하지. 그렇게 흉흉한 것이 옆에 딱 붙어 있는데 무사할 수가 있을까.

왈칵 눈물이 쏟아질 것만 같아 꾹 참았다. 운다고 달라지는 건 없어. 어떻게든 방법을 찾아야 해.

신이시여. 이렇게 눈물겹게 간절한데 보고만 있으실 건가요?

"하, 진짜 짜증 나! 신은 무슨, 이 바보 멍청이!!"

소리를 지르며 뛰어 내려간다.

그러나 운동 부족인 대학생에게는 무리였다.

목적지인 주차장에 도착했을 때는 마치 갓 태어난 사슴인 양 다리가 부들부들 떨렸다. 사우나에 들어갔다 온 사람처럼 땀을 뻘뻘 흘렸고 심장은 터질 듯이 방망이질 쳤다.

온몸으로 가쁜 숨을 내쉬었다. 내일은 무조건 근육통이 오겠군. 꼼짝도 못 할 자신 있다.

어떻게든 아즈키호(마키오의 자동차 이름)까지만 가자. 일단 차에 타면 마키오가 집까지 모셔다 줄 것이다. 괜한 고생시키지 않고 모노레일을 타라고 하길 잘했다.

당장이라도 쓰러질 듯한 몸에 힘을 주고 마키오의 차를 향해 걷는다.

그때, 마키오가 커다란 체구의 스킨헤드 남자와 대화하는 모습이 보였다. 아까 봉폐전에서 아이스크림을 먹던 그 사람이다. 아는 사람인가? 우뚝 멈춰서 두 사람을 보고 있는데 얼마 안 가 남자가 손을 흔들며 자리를 떴다.

마키오는 남자의 뒷모습을 물끄러미 바라보며 멍하니 서 있었다. 마키오! 하고 불러 봤지만 들리지 않는지 이쪽을 보지 않는다. 어쩔 수 없이 흐느적거리는 몸을 끌며 다가갔다.

"마키오!"

"헉! 뭐, 뭐야. 너였어?"

놀란 마키오의 얼굴은 벌겋게 상기되어 있었다.

"왜 그래. 너 얼굴이 빨개."

"아니, 아무것도 아니야. 그나저나 생각보다 금방 왔네."

"그러게 말이야. 덕분에 지금 죽기 직전이지만. 근데 아까 그 사람 뭐야?"

남자가 사라진 방향으로 시선을 돌렸다. 지금은 보이지 않았다.

"그게, 나도 잘 모르겠어. 갑자기 나한테 말을 걸더니 힘들어하는 사람이 있으면 이걸 전해 주라잖아."

마키오가 손을 내밀었다. 손바닥 위에 플라스틱 비즈로 만든 팔찌가 놓여 있다. 고무줄에 노랑, 초록, 빨강, 핑크 등등 알록달록한 비즈가 무질서하게 끼워져 있었다. 어린아이가 대충 만든 것처럼 어설픈 모양새였다.

"힘들어하는 사람? 그거 혹시… 시바 씨 아냐?"

"아마도?"

나도 옛날에 이런 비즈 장난감을 만드는 놀이를 하곤 했었다. 목걸이를 만들어 마키오에게 선물해 준 적도 있다. 그것들과 지금 눈앞의 팔찌는 별반 다를 바가 없어 보였다. 그러나 뭔가 알 수 없는 빛을 뿜어내는 듯한 기분이 들었다.

"어딘가 신비로운 사람이었어."

"신비로워? 뭐가?"

"음…. 뭐랄까…."

마키오가 어울리지 않게 우물쭈물했다.

"뭐가?"

"뭔가, 그, 얘기하는 동안 가슴께가 찌릿찌릿했달까."

왠지 모르게 부끄러워하며 말한 마키오는, 나만의 착각인지 몰라도 설레는 것처럼 보였다. 근데 마키오가 남자한테?

뭐, 마키오가 누구를 보고 설레든 간에 내가 왈가왈부할 수 있는 문제는 아니지만.

"그렇게 멋있었어?"

내 물음에 마키오는 "흐음" 하며 고개를 갸웃거렸다.

"생긴 건, 평범했어. 근데 눈빛이랑 향기가 아찔하더라."

"어머나."

마키오의 입에서 저런 말이 나온 건 처음이었다. 아깝다, 나도 자세히 봤으면 좋았을걸.

문득 뛰어 내려온 길을 돌아봤다. 설마, 그 사람이 신이라든가?

"… 이왕 이렇게 된 거 시바 씨한테 갖다줘야겠다."

"뭐, 모지항에 가자고? 지금?"

마키오는 황당한 목소리로 물었지만 이내 "그래, 어쩌면 도움이 될지도 모르지"라며 납득한 듯 중얼거렸다. 마키오의 눈에도 팔찌를 건넨 남자가 범상치 않아 보였던 모양이었다.

○

히코산을 떠나 텐더니스 모지항 고가네무라점의 주차장에 도착했을 즈음에는 이미 해가 저물고 있었다.

"너무 오래 운전해서 엉덩이가 다 아프네."

마키오가 볼멘소리를 했으나 이쪽은 이미 온몸에 근육통이 온 터였다.

곧바로 근육통이 온다는 건 아직 젊다는 뜻이지, 라며 기뻐하고 있을 여유 따위 없다.

"어라? 뭔가 기분이 싸한데?"

아직 차에 탄 채로 가게 안을 들여다봤다. 텐더니스가 입점해 있는 건물 전체가 어두컴컴했다.

"너무 어둡지 않아?"

"해 지는 시간이니까 그렇겠지."

하암, 마키오가 태평하게 하품했다. 마키오 눈에는 전혀 이상해 보이지 않는 모양이다.

차에서 내렸는데 속이 갑갑한 게 역시나 좀 수상쩍다. 평소에는 밝게 빛나던 가게의 불빛이 아무리 봐도 침침했다. 왠지 모르게 공기도 좀 비릿하다.

"어디 보자, 시바 씨 저기 있다. 잘됐네."

앞서 걷던 마키오가 안쪽을 들여다보며 말했다.

"갖다주고 와, 와카."

"응."

팔찌를 가지고 가게에 들어가려는 순간, 갑자기 발길이 멈췄다.

계산대 안쪽에 서 있는 시바 씨의 목덜미를 시커멓고 커다란 뱀이 칭칭 감고 있는 모습이 보였다. 끈적끈적한 질감의 뱀이 스르르 스르르 움직이고 있다.

헉, 무서워.

으아, 무섭다고.

진짜 너무 무섭잖아.

잠깐, 잠깐. 이게 무슨 공포 영화 같은 상황이지?

내가 사는 건 이런 세계관이 아니라고. 이런 본격적인 호러 전개에 내성이 없는 게 당연하잖아. 무서워, 정말 무섭다.

"뭐 하고 있어? 와카. 얼른 다녀와."

발이 얼어붙어 우두커니 서 있자 마키오가 옆으로 다가왔다. "너 또 시바 씨한테 넋이 나가서 그러지?"라며 지겹다는 듯이 말한다.

"여기서 또 코피 쏟지 마라."

"아니! 뱀! 뱀이 있잖아!"

큰 소리를 내면 뱀이 인기척을 느낄지도 모른다. 작게 외치며 시바 씨를 가리켰다.

설마 이것도 안 보인다고는 안 하겠지. 곧고 아름다운 목에 둘둘 감겨 있는 저 뱀이 안 보이면 당장 안경부터 맞춰. 간몬 해협의 바닷물로 눈알을 씻고 오라고. 그러나 마키오는 "어디!! 나 뱀 진짜 무서워한단 말이야!"라면서 발밑을 두리번거리며 펄쩍펄쩍 뛴다. 아니야, 거기가 아니라고!

"시바 씨 목! 목에 있다고!"

"뭐? 뭔 소리야. 난 또 진짠 줄 알았잖아."

놀라게 하지 말라고, 라며 마키오가 뒤늦게 큰소리를 쳤다. 뭐? 진짜 저게 안 보인다고?

"안 보인다고? 네 눈, 문제가 심각한 거 같으니까 어떻게 좀 해 봐!"

분명 전에 봤을 때는 검은 머리칼의 여자였다. 근데 이번엔 뱀이라고? 그 여자한테 홀렸다가 이제는 뱀에 씐 거야?

시바 씨, 살아 있는 인간들만 상대하라고, 제발!

"너야말로 이러고 있을 때가 아니잖아. 만에 하나 정말 뱀이 있다고 치자, 그럼, 어떻게든 그 뱀부터 처리해야 할 거 아냐? 혹시 모르니까 얼른 갖다주고 와."

등을 툭툭 두드리는 마키오의 손길에 꺄아! 하고 소리를 지르고 말았다. 벼랑 끝에서 누가 떠미는 듯한 공포였다. 나도 모르게 바닥에 그대로 주저앉았다.

"못해, 못해. 미안. 근데 나, 저걸 보고도 아무렇지 않게 들어갈 자신이 없어."

어디선가 느껴지는 시선에 등골이 서늘해진다. 시바 씨의 목을 감은 뱀이 이쪽을 쳐다보고 있었다. 나를 발견한 것이다. 시뻘건 입을 크게 벌린 새까만 뱀의 머리가 서서히 여자의 얼굴로 바뀌었다. 어! 전에 봤던 그 여자야! 뭐야, 변신도 하는 거야?! 뱀이 위협하듯 뾰족한 이를 드러냈다. 핏덩이 같은 혀를 날름거린다.

제발요, 살려 주세요.

마음속에서 초고속으로 무릎을 꿇었다. 나 이런 거 정말 못 버틴다고. 인간의 영역을 완전히 뛰어넘었잖아! 도대체 인간이야, 뱀이야? 저기요, 일단 어느 쪽인지부터 확실히 해 주시면 안 될까요? 제가 이렇게 빌게요.

"마키오. 난 도저히 안 되겠어. 네가 갖다줘."

반쯤 울먹이며 말하자 마키오가 귀찮다는 듯이 한숨을 쉬었다.

"아, 싫어. 이런 장난감 같은 걸 갑자기 들고 가서 뭘 어쩌라고. 이상한 사람이라고 생각할 거 아냐."

"이 바보 자식아! 이러고 있을 때가 아니라니까! 그리고 원래 네가 받은 거잖아. 네가 가는 게 맞지!"

무턱대고 팔찌를 쥐여 주며 당장 가라고 억지로 등을 떠밀었다. 마키오는 긴장하는 기색 없이, 그러나 가기 싫어 죽겠다는 표정으로 시바 씨에게 갔다.

까만 뱀이 고개를 쳐든다. 마키오를 향해 쉭! 하더니 이빨을 드러냈다. 마키오, 미안하게 됐다. 네 눈에는 안 보이더라도 역시 위험할지 몰라. 독사 아닐까, 저거?

그러나 뱀은 마키오에게 닿기 전에 휙, 하고 튕겨 나갔다. 자지러지듯 몸을 뒤튼다.

"저어기, 실례함다."

마키오가 시바 씨에게 말을 건다.

"그… 이거 어떤 스킨헤드 남자한테 받았는데요. 전해 주라고 하길래."

야! 설명을 제대로 해야지! 그렇게 말하면 누가 그걸 받겠냐!

그러나 시바 씨는 '아!' 하고 놀란 표정을 하더니 "고마워요!"라며 만면에 미소를 띤 채 팔찌를 받아 들었다. 그러고는 곧바로 팔에 찬다.

그 순간, 시커먼 뱀이 자취를 감췄다. 삽시간에 쉭, 하고 아무 일도 없었던 것처럼 사라져 버렸다.

끔뻑끔뻑. 몇 번이고 눈을 감았다 떴다. 뭔데? 이렇게 쉽게 사라진다고? 말이 돼?

"아, 이제야 편해졌네."

시바 씨가 후유, 하고 긴 숨을 내쉰다. 그의 목에는 이제 아무것도 없다.

"계속 기다리고 있었거든요. 고맙습니다."

"기다렸다고요? 그 사람, 시바 씨한테 갖다주라는 말은 안 하던데요. 그냥 주변에 힘든 사람이 있으면 전해 주라고…."

"그게 저예요, 저."

생글생글 웃은 시바 씨가 양팔을 붕붕 돌려 본다.

"와, 너무 개운하다."

"점장님, 무슨 일이에요?"

계산대 안쪽에서 빡빡머리 점원이 시바에게 물었다.

"역시 나 뭐에 홀렸었나 봐. 제대로 확인은 못 했지만 아마 여자였던 거 같은데. 아키타에서 돌아온 후부터 샤워할 때마다 검고 긴 머리카락이 어깨 위로 이렇게, 스으스으 떨어졌거든? 눈 깜짝할 새에 배수구를 시커멓게 뒤덮어서 곤란했다니까."

"네?"

 윽, 무서워. 빡빡머리 점원이 뒷걸음쳤다. 나 또한 어이가 없었다.

"모르는 척하면 지쳐서 떨어지지 않을까 했는데. 아무튼 다행이다. 정말 고마워요."

 시바 씨가 마키오를 향해 웃는다.

"아, 아뇨. 제가 아니라 원래는 저 친구가."

 마키오가 손가락으로 입구 앞에 주저앉아 있는 나를 가리켰다. 시바 씨가 내 쪽을 보고 미소 짓는다.

"당신이 도와주셨군요. 덕분에 살았습니다. 고마워요."

 그 미소는 눈부시게 아름다웠고 청초하기 그지없었다. 아, 시바 씨 이제 정말 괜찮아졌구나.

 안도함과 동시에 초극강 스페셜 미소를 오롯이 마주한 충격에 코피가 터졌다.

"아 진짜, 또 저러네. 와카, 너 코피!"

 빙빙 도는 시야 너머로 마키오가 달려오는 모습이 보였다. 의식을 잃어 가는 와중에도 나는 신을 향해 기도했다.

 바보 멍청이라고 욕해서 죄송해요.

 시바 씨를 구해 주셔서 정말 감사합니다!

 다음에 꼭 인사드리러 갈게요!!

1

새출발을 위하여, 건배

이렇게 맛있는 밥을 나 혼자만 먹어도 되는 걸까.

히우라 유리는 시모노세키 가라토 시장 옆에 있는 나무 갑판에 앉아, 방금 사 온 해물 덮밥을 입에 넣었다. 성게와 연어알, 참치와 연어가 푸짐하게 올라간 해물 덮밥은 그 자체만으로도 맛있지만 기분 좋은 가을, 푸른 하늘 아래에서 바닷바람을 맞으며 먹으니, 그 맛이 더욱 황홀했다.

입속에서 연어알이 톡톡 터진다. 지금껏 먹었던 것과는 차원이 다른 선명한 식감에 깜짝 놀랐다. 이가 닿는 순간, 탱글탱글한 탄력이 고스란히 전해졌다. 좀 더 흐물거리는 알갱인 줄 알고 살았는데 착각이었나 보다. 여태까지 내가 먹었던 것이 정말 연어알이기는 했을까, 하는 생각마저 들었다. 성게도 만만치 않다. 진한 감칠맛이 가득한 크림 같은 식감 끝에 기분 좋은 짭짤함이 퍼진다. 살살 녹는 풍미는 생전 처음 느껴 보는 맛이었다.

아아, 너무 맛있다. 정말로, 나 혼자 이 맛을 누려도 되는 걸까.

무심코 떠오른 생각을 황급히 지워 냈다. 이제 나는 혼자 밥을 먹고, 혼자 만끽할 것이다. 죄책감 따위 가질 필요 없다.

해물 덮밥을 다 먹고, 페트병에 담긴 차를 꿀꺽꿀꺽 마셨다. 은은한 단맛이 있는, 적당히 차가운 녹차가 목구멍으로 술술 넘어간다. 만족감이 묻어나는 긴 한숨을 쉰 유리는 하늘을 올려보았다. 파란 하늘 위로 조개구름이 유유히 흘러간다. 시선을 내리자, 건너편의 모지항으로 향하는 작은 배가 보였다.

"… 슬슬 가 볼까."

작게 중얼거리자 조금 전까지 조용히 숨죽이고 있던 심장이 쿵쾅쿵쾅 뛰기 시작했다. 가슴 언저리에 손을 올려 가만히 눌러 본다.

히우라 유리, 서른네 살. 오늘부터 혼자 살기로 했다.

결혼 전 대출받아 산 진녹색 경차에 몸을 싣는다. 뒷좌석에는 신혼여행에서 사 온 커다란 여행 가방 하나와 전혀 포장하지 않은 토스터와 선풍기, 이불과 잡동사니를 넣은 상자가 잔뜩 쌓여 있다. 힐끗 그쪽을 살피고, 마지막으로 조수석 앞 글로브 박스로 시선을 돌렸다. 커버 부분에는 어린아이가 그린 듯한 그림이 붙어 있다. 햇빛에 누렇게 바랜 그림에서 오랜 세월이 느껴진다. 유리는 잠시 그 그림을 바라보다 시동을 걸고 액셀을 밟았다.

유리는 어제, 시청에 이혼 신청서를 제출하고 혼자가 되었다. 한 달 전, 남편 데루야가 갑작스레 이혼을 요구했고, 그 결과 이렇게 되었다.

"이제 둘 다 자유롭게 살자."

미리 작성해 둔 이혼 신고서를 꺼낸 데루야는 사전에 준비한 듯한 A4 용지를 나란히 놓고 이혼 조건에 관해 이야기하기 시작했다. 결혼 생활 6년 동안 모은 저축액 전액을 유리가 갖는다. 함께 살던 임대 맨션에서는 본인이 생활할 예정이니 유리가 나가 주었으면 한다. 집 안 물건 중 원하는 것이 있다면 마음대로 가져가도 좋다. 나쁘지 않은 조건이었다.

"더 이상 부부로 살기 힘들다는 거, 실은 당신도 알고 있었잖아."

결혼식 때만 해도 이렇게 멋진 사람이 내 남편이라니, 라는 기쁨에 눈을 뗄 수 없던, 턱시도가 근사하게 어울리던 남자는 어느덧 지친 아저씨의 모습을 하고 있었다. 이제 나도 저 사람처럼 기운 빠진 아줌마로 보일까, 생각하며 유리는 이혼 서류를 받았다. 이럴 땐 무슨 말을 해야 할까. 아무리 생각해도 떠오르는 것이 없어 "그동안 고마웠어"라고 말했다.

유리가 새 삶을 시작할 방 한 칸짜리 맨션은 모지항에서 차로 10분 정도 걸리는 언덕 지대에 있었다. 수풀에 가려져 바다가 보이지 않는 점은 아쉬웠지만 조용한 분위기와 주변 환경은 나쁘지 않아 보였다. 계약해 둔 집 주차장에 차를 세운 유리가 곧바로 1층 경비실로 향했다.

"저, 1003호에 이사 온 히우라라고 하는데요."

조그만 창문을 두드리며 말하자 흰머리 남성이 얼굴을 내밀었다. "아, 어서 오세요"라며 사람 좋은 웃음을 짓는다.

"히우라 씨 맞으시죠? 경비원 야마다입니다. 평일 9시부터 저녁 6시까지는 여기 상주하니까 무슨 일 있으면 말씀하세요. 주말에는 관리 회사로 연락하시면 되고요. 오늘 가구랑 가전제품 다 들어오는 거 맞죠?"

장부를 들추며 묻는 말에 유리가 "네. 한 시간쯤 뒤에 도착할 거예요"라고 답했다.

"앞으로 잘 부탁드립니다."

열쇠를 받으며 인사를 건네자, 야마다가 "불편하신 점 있으면 편하게 말씀하세요"라며 미소로 답했다. 나쁘지 않은 첫인상에 유리는 안도했다.

12층짜리 건물의 10층에 앞으로 유리가 살 집이 있었다. 집 앞에 선 유리는 세 번 심호흡을 한 뒤 열쇠를 꽂았다. 슬며시 열어 보니 낯선 집의 냄새가 났다. 신발을 벗기도 애매해서 그대로 집 안으로 뛰어 들어갔다.

"우와아아! 너무 근사해. 예쁘다!!"

지은 지 8년 됐다던 집은 유리의 상상보다 훨씬 상태가 좋고 널찍했다. 인터넷의 부동산 정보에는 거실이 약 3평, 바로 옆에 붙어 있는 방이 2평 남짓이라고 나와 있길래 말도 안 되게 좁을까 걱정했는데 혼자 생활하기에는 충분한 넓이였다. 부엌의 가스레인지는 2구짜리였고, 붙박이 식기세척기까지 있었다. 욕실과 화장실이 따로 있었고 세면대도 사용하기 편리해 보였다.

유리로 된 미닫이문을 열자 자그마한 베란다가 나왔다. 나무에 가려져 탁 트인 창밖 풍경을 감상할 순 없지만, 자연에 둘러싸여 있다고 생각하면 될 일이었다.

"우아, 와아!"

놀이공원에 온 아이처럼 집 안을 신나서 돌아다닌 후, 유리는 텅 빈 거실에 드러누워 깊은숨을 쉬었다. 서늘한 바닥의 한기가 기분 좋았다.

"여기가 내 집이구나."

혼잣말을 뱉고 나자 서서히 흥분감이 차올랐다. 꿈같아, 꿈꾸는 것 같다고. 실감이 안 난다. 태어나 처음으로 혼자 살아 보는 것이다.

남편이 이혼을 요구한 지 일주일쯤 됐을 때 유리는 모지항으로 터전을 옮기기로 마음먹었다. 집을 보러 올 시간이 통나지 않아 전화와 인터넷으로 모지항 지역의 정보를 알아본 뒤, 임대 계약 및 가전, 가구의 구매를 마쳤다. 나한테 이런 실천력이 있었다니, 스스로 놀란 적이 한두 번이 아니었다. 아무것도 할 줄 모른다고 생각했는데 뭐든 할 수 있었다.

데루야와 살던 집에서 짐을 뺄 때도 담담했다. 데루야는 유리가 울음을 터뜨릴까 봐 걱정됐는지 "내가 없는 게 더 나을 거 같아"라며 마주치지 않도록 자리를 비워 줬지만, 막상 유리는 눈물 한 방울 흘리지 않았다. 평소 잘 쓰던 오븐 레인지를 가져오고 싶었는데 너무 무거워서 포기하던 순간, 분한 마음에 살짝 눈물이 맺힌 게 다였다. 결혼 기간을 포함해 6년 반 동안 함께 지내 온 데루야와 헤어진다는 쓸쓸함조차 전혀 느끼지 못했다.

"나, 생각보다 강한 사람이구나."

중얼거리는데 그 소리가 마치 축복의 말처럼 들려서, 유리는 웃었다.

큭큭 대며 웃고 있는데 초인종이 울렸다. 가구와 가전제품이 도착한 모양이다.

"좋았어, 파이팅!"

벌떡 일어나 현관으로 달려갔다.

그때부터 저녁까지는 눈이 돌아갈 정도로 바빴다. 최소한의 필요한 물건은 사 뒀으나 집 안 배치나 꾸미기에 대해서는 미리 생각해 두지 못해 허둥거리기도 했다. 업자들이 돌아간 후 집 안 구석구석을 걸레질했더니 그사이 바깥에 어둠이 깔렸다. 생각해 보니 이른 낮에 가라토 시장에서 해물 덮밥을 먹은 후 아무것도 입에 대지 않았다.

당연히 냉장고는 텅텅 비어 있다. 유리는 어떻게 할지 고민하다 자동차 열쇠를 들었다. 오늘은 편의점 식사로 때워야겠다.

집 근처에도 편의점이 두 군데 있었으나 유리는 텐더니스에 가기로 했다. 규슈에만 있는 편의점 체인 브랜드 텐더니스에 다니는 것이 이번 이사의 목적 중 하나기 때문이다. 핸드폰으로 위치를 확인한 후 5분 거리에 있는 모지항 고가네무라점에 가기로 했다.

모지항 고가네무라점은 넓은 주차장이 딸린 곳이었다. 이 정도 거리라면 자전거로도 다닐 수 있겠다. 새집에 적응하고 나면 자전거를 한 대 살까, 생각하며 주차를 마친 유리는 그대로 가게 안으로 들어갔다.

텐더니스의 광고에도 나오는 오르골 느낌의 부드러운 멜로디가 유리를 맞이했다. 계산대 쪽에서 "어서 오세요"라고 인사하는 소리가 들렸으나 유리는 특별한 반응 없이 가게 안을 구경하기 시작했다.

흐음. 책이 유달리 많았고 생활용품도 어지간히 갖춰져 있었다. 얼음주머니까지 파는 편의점은 흔치 않다. 앞으로 자주 들르게 될 것 같다. 아, 그렇지. 샴푸와 린스를 까먹고 안 샀었지, 잘됐다.

필요한 물건을 장바구니에 담고 음료 판매대로 향했다. 보리차 페트병을 두 개 넣고, 잠시 고민한 뒤 복숭아 맛 칵테일 한 캔을 집었다. 이제 저녁거리를 고를 차례였다. 텐더니스의 도시락은 다 맛있다는 소문을 들었기 때문에 내심 기대하고 있었다.

음, 뭘 먹지? 기간 한정으로 판매하는 밤밥 도시락도 좋아 보였고, 꽁치 솥 밥도 틀림없이 맛있겠지. 인터넷에서 무조건 먹어야 한다고 했던 하카타 토종닭과 이토시마산 달걀로 만든 닭고기덮밥도 시선을 끌었다. 아, 달걀 샌드위치도 끝내준댔는대 살짝 토스트 해 먹으면 일품이라고 했다.

한참을 맴돌다 꽁치 솥 밥과 내일 아침에 먹을 달걀 샌드위치를 하나씩 집어 장바구니에 넣었다. 이제 디저트 코너에서 반짝거리며 시선을 끌던 몽블랑 파르페와 계산대 옆에서 파는 즉석 프라이드치킨만 추가하면 저녁 준비는 완벽하다. 치킨을 안주 삼아 술 한잔하면서 환상의 밤을 보내야지.

의기양양하게 계산대로 걸어가던 유리가 그 자리에 우뚝, 멈춰 섰다.

계산대 너머에 핑크색 알파카 한 마리가 있었다.

텐더니스 직원임을 증명하듯, 파스텔 핑크에 옅은 갈색이 들어간 긴소매 유니폼을 입고 반듯한 자세로 서 있다. 단정하게 단추를 잠근 옷깃 위로 보이는 복슬복슬한 핑크색 털, 풍성한 속눈썹과 동그랗고 맑은 헤이즐넛 색 눈동자. 마치 생긋 웃고 있는 것처럼 살짝 올라간 입꼬리.

엇, 뭐야, 무서워.

유리는 본능적으로 주변을 둘러봤다. 지금 가게 안에 손님은 자기 혼자다. 아무리 저녁 시간이 살짝 지났기로서니, 손님이 한 명도 없는 건 좀 이상하지 않아? 혹시 이 가게, 뭔가 이유가 있어서 현지 사람들은 아무도 안 오는 데 아냐? 아니면 깜짝 카메라 촬영이라도 하나? 어딘가에 카메라를 몰래 숨겨 두고 탤런트나 개그맨들이 어느 방에서 낄낄거리며 지금 내 모습을 보고 있다던가?

두리번거리다가 알파카와 눈이 마주쳤다. 원래대로라면 너무 귀엽다고 야단을 떨며 가까이서 보려고 했을 법한 디자인이지만 정체를 알 수 없어 그런지 무섭기만 했다.

"어서 오세요."

으악, 알파카가 말해! 게다가 쓸데없이 목소리가 좋잖아!

혼란스러움에 멍하니 서 있는데 등 뒤에서 "어서 오세요!" 인사하는 다른 남성의 목소리가 들렸다. 깜짝 놀라 돌아보니, 빡빡머리를 한 평범한 사람의 모습이 보였다. 겁에 질린 유리의 얼굴을 확인한 '인간 직원'이 "무슨 일이세요?" 하고 묻는다.

"그, 그게, 아, 아…"

"네? 아? 아, 아루 군을 보신 건가? 사이바라 아루? 그 녀석 언제 또 온 거야?"

골치 아프다는 듯 한숨을 쉬는 인간 직원의 말에 유리가 고개를 저었다. 이 텐더니스, 말이 통하긴 하는 거야? 무섭다니까!

"알파카요!"

손가락질하며 외치자, 인간 직원의 시선이 손끝을 따라 계산대 쪽으로 향한다. 그러더니 "아!" 하고 뛰어간다. 다급하게 계산대 안쪽으로 들어가 "제가 이거 벗으라 그랬죠!"라고 소리치더니 개그맨들이 하는 콩트의 한 장면처럼 알파카의 머리를 팡 친다. "아야!" 하는 목소리와 함께 알파카의 인형 탈이 벗겨진다. "히로세 군, 너무해. 나는 본사의 지시대로 우리 회사 자체 캐릭터의 홍보 활동을 하고 있을 뿐이라고."

눈앞에 나타난 것은 눈이 휘둥그레질 정도로 잘생긴 얼굴의 남성이었다. 상기된 뺨이 필요 이상으로 섹시하게 보였고, 땀에 젖은 이마에 부드러운 머리칼 몇 가닥이 촉촉하게 달라붙어 있었다. 요염한 입술을 삐쭉 내민 남자를, 히로세라는 이름의 인간 직원이 "과하다고요! 그냥 인형 탈 쓰고 싶어서 그러는 거 누가 모를 줄 알고?!"라며 구박한다. "흐응. 뭐 솔직히 말하면 인형 탈 쓰는 거 재밌긴 해. 아무래도 나 변신에 대한 로망이 있었나 봐. 이 나이 먹고도 새로운 나를 발견할 일이 있다니, 굉장하지 않아?"

"점장님의 로망 같은 거 하나도 안 궁금하거든요? 그게 문제가 아니라, 손님이 무서워하시잖아요!"

히로세가 자신을 가리키자, 넋을 놓고 있던 유리가 화들짝 놀랐다. 알파카 탈을 벗은 남자가 "그럼 안 되지." 하며 갑자기 단정한 얼굴을 했다.

"죄송합니다, 고객님. 이게 저희 텐더니스가 새로 만든 자체 캐릭터 '알파커션군'인데요. 아, '군'이 호칭이 아니라, 거기까지가 정식 이름이에요."

남자가 정중한 손길로 알파카의 머리통을 들어 보여 준다.

"제가 이 알파커션군을 홍보하느라 인형 탈을 좀 쓰고 있었습니다."

"아아, 알…파커션군,이요."

당최 텐더니스랑 저 알파카가 무슨 관련이 있는지 모르겠다.

"어제 막 공식적인 발표가 있었어요. 앞으로는 관련 물품도 많이 나올 예정이니 많은 사랑 부탁드립니다."

필요 이상으로 예쁘장한 얼굴로 생긋 웃으며 말하는 모습을 본 유리는 역시 내 예상이 맞았군, 생각하며 다시 경계 태세를 갖췄다. 세상에 이런 편의점 점장이 어디 있어. 현실적으로 말이 안 된다. 깜짝 카메라 같은 뭔가가 있는 게 분명하다.

지나치게 미남인 건 둘째치고라도, 수상쩍은 것투성이다.

유리는 알파카 남이 아닌 히로세 쪽을 보며 "저기, 저는 리액션 같은 거 잘 못해요" 하고 말했다.

"재미있게 말할 줄도 모르고, 암튼 못해요. 무슨 프로그램인지는 모르겠지만 다른 사람이랑 하세요."

"네?"

영문을 모르겠다는 표정을 짓던 히로세가 곧 무언가를 깨달은 듯한 얼굴로 말했다.

"아, 알았다. 무슨 촬영 같은 건 줄 아셨구나. 그런 거 아니니까 걱정 안 하셔도 돼요."

안심하라는 듯 손짓하며 히로세가 천천히 설명을 시작했다.

"네?"

"착각하시는 손님들이 많은데요, 이 사람 진짜, 그냥 순도 백 퍼센트의 편의점 점장이에요. 무슨 목적이나 사정이 있어서 잠깐 점장 체험하는 모델 같은 게 아니라."

"하아."

점장이라는 남자 쪽으로 다시 시선을 돌리자, 그가 이마에 붙은 머리칼을 손가락으로 사라락 쓸어 넘기며 "시바 미쓰히코라고 합니다. 여기 점장이에요"라며 사람을 홀리려는 듯한 미소를 짓는다.

이것 봐, 역시 수상하잖아.

"저기 자꾸 분위기 깨서 죄송한데, 저한테서 원하시는 반응은 안 나올 거예요. 그러니까 뭔지 몰라도 그만해 주실래요?"

"정말 그냥 점장이에요."

"진짜 여기 점장 맞습니다."

히로세와 시바가 너나도나도 답하자, 도저히 대화가 안 통한다는 생각에 살짝 짜증이 난 유리가 계산대 위에 일부러 소리 나게 바구니를 올려놓으며 "됐으니까 그냥 계산이나 해 주세요" 하고 말했다.

핑크색 알파카 대가리가 떡하니 놓인 곳에서 히로세가 계산하기 시작했다. 재빠르게 바코드를 찍더니 "봉투 필요하세요?" 하고 물었다. 고개를 끄덕이자, 시바가 신속하게 봉투에 물건을 담는다. 두 사람의 손놀림은 확실히 익숙해 보였다. 설마, 정말로 평범한 점장과 직원이라고?

계산을 마치고 봉투를 받아 들었다. 입구의 자동문이 열리고, 바깥으로 한 발 내디딘 유리가 계산대 쪽을 다시 돌아봤다. 두 사람 모두 유리를 배웅하듯 이쪽을 쳐다보고 있었다.

"저기…. 그, 실례했습니다."

살짝 고개 숙여 인사하자 히로세는 같이 고개를 숙였고,

시바는 "다녀오세요"라며 미소 지었다.

정말 그냥 점장이었나 봐. 텐더니스에 관해 검색해 봤을 때 이렇게 튀는 사람이 있단 이야기는 없었는데.

도깨비에 홀린 듯한 상태로 차에 올라탄 유리는 집으로 향했다. 집에 돌아와 오늘 새로 들인 식탁에 도시락과 칵테일 캔을 올려놓는데 문득 기분이 유쾌해졌다. 만약 정말로 그냥 점장이라면 너무 웃긴 일이었다.

"진짜 점장 맞습니다, 라니 그게 무슨 말이야, 어이없어…."

물론 무턱대고 오해한 내 잘못이긴 하지만, 그래도 웃긴 건 어쩔 수 없다. 큭큭 웃으며 칵테일을 한 모금 마셨다.

"아, 그릇!"

유리가 멈칫한다. 프라이드치킨을 담을 그릇이 없었다. 내일은 식기를 사러 가야겠다. 종이봉투에 들어 있는 치킨을 잠시 쳐다보던 유리가 "좋았어"라며 기합을 넣고는 봉투 위쪽의 절취선을 쭉 뜯었다. 반만 얼굴을 내민 노릇한 치킨을 한입 크게 물었다. 바삭바삭한 껍질의 식감과 함께 육즙이 쭈욱 흘렀다. 양념이 잘 된 고기가 두툼하다.

"마이떠."

입안 가득 치킨을 씹으며 무심코 감탄했다. 캔 칵테일을 꿀꺽 마시고는 달큼한 숨을 내쉰다.

"아, 맛있다."

시야가 선명하게 트이는 기분이 들었다. 이 정도면 훌륭한 시작이라는 생각에 기분이 좋아졌다. 이혼 후 처음 보내는 혼자만의 밤을 제대로 만끽하고 있잖아!

"후훗."

뱃속 깊은 곳에서부터 웃음이 차올랐다. 기분 좋게 웃으며 유리는 다시 한번 치킨을 크게 베어 물었다. 지금까지는 편의점에서 파는 조리 식품 같은 건 먹지 않았다. 그릇에 담지 않고 봉지째 먹는 일도 없었다.

"신난다."

중얼거리고 있는데 핸드폰에서 진동이 느껴졌다. 안 좋은 예감에 주뼛주뼛 손을 뻗었다. 핸드폰을 집어 들고 화면을 보자 '엄마'라는 글자가 떠 있었다. 조금 전까지 온몸에 가득했던 만족감이 한순간에 씻겨 내려간 듯한 감각을 느꼈다.

결국 올 게 왔구나. 그래도 너무 이른 거 아냐? 이건 너무 이르지 않냐고! 이혼했단 말도 아직 안 했는데 이렇게나 빨리? 우연인가? 뭐가 됐든, 일단 받아야겠지.

머뭇거리는 사이 화면 표시가 부재중 전화로 바뀌었다.

그새 조용해진 핸드폰을 보며 깊게 숨을 내쉰다. 얼마 안 가, 이번에는 메시지가 도착했음을 알리는 진동이 울렸.

유리는 조심스레 화면을 터치했다. 비행기 모드에서 메시지 창을 열면 읽음 표시가 뜨지 않기 때문에 얼른 비행기 모드로 변환했다.

　―글쎄, 네 아빠가 또 술 마신다고 돈을 가져갔지 뭐니. 이번 달에만 벌써 네 번째야. 또 술에 떡이 돼서 들어오겠지. 정말 진절머리 나. 돈은 돈대로 날리고 술주정까지 받아 줘야 한다니, 엄마 정말 괴로워서 못 살겠다.

지겹게 들어온 엄마의 신세 한탄이었다. 안심하고 비행기 모드를 해제한 다음 답을 보냈다.

　―아빠 맨날 왜 그런데? 몸 생각도 좀 하지. 엄마도 너무 깊게 생각하지 마.

답장을 보내고 심호흡을 했다. 괜찮아. 아직 들키지 않았어. 하지만 머지않아… 다음 주말쯤이면 다 알게 되겠지. 2주에 한 번 정도 본가에 들리지 않으면 무슨 일 있냐고 연락이 왔고, 약속이 있다고 하면 얼굴 좀 봐야겠다며 집에 들이닥치는 부모님이었다.
어서 말해야 하는데. 그렇지만, 두렵다….
방금까지 들떴던 마음이 바늘에 찔린 풍선처럼 한순간에 쪼그라들었다. 쭈글쭈글해진 마음의 주름에 불안이 촘촘하게 파고들었다.

유리는 자기도 모르게 의자 위에 무릎을 세우고 끌어안았다. 무릎 사이에 얼굴을 묻으며 '나는 왜 늘 이 모양일까' 하는 생각에 빠진다.

대체 언제까지 부모님의 눈치를 보며 살아야 하는 걸까.

유리는 과보호 속에 살았다. 주변 사람들에게 '온실 속 화초' 소리를 들으며 자랐다.

가족 구성은 평범했다. 아버지는 특별한 것 없는 회사원이었고 엄마는 마트의 사무원이었다. 세 살 차이 나는 오빠 한 명과 유리, 이렇게 네 식구다.

초등학교에 들어갈 때까지 몸이 약했던 유리는 매달 한 번씩은 열병을 앓았다. 열성 경련을 일으켜 구급차에 실려 간 적도 있다. 거기다 마음마저 여린 울보였다. 그래서 부모님은 유리를 유난히 신경 썼다. 어린 시절에는 유리도 그런 부모님을 무척 좋아했다.

하지만 그 애정이 점차 부담으로 다가오기 시작했다. 중학생이 되어 요리 동아리에 들어갔을 때, 손가락을 살짝 뎄다가 난리가 났다. 엄마는 담당 선생님을 찾아가 '교사의 관리 태만'이라고 따졌고, 고등학교에서 문예부 활동을 할 때는 통금 시간인 6시보다 5분 늦게 왔다고 부 활동을 그만두게 했다. 방에 핸드폰을 가지고 들어가는 것도 금지였고, 한 번씩 누구와 무슨 연락을 하는지 검사를 받아야 했다. 남학생 연락처를 발견하기라도 하면 유리가 보는 앞에서 삭제해 버렸다. 조금이라도 불만스러운 티를 내면 아빠는 "네 멋대로 하게 놔둘 줄 알아?"라며 화를 냈고, 엄마는 불쌍한 표정으로 "왜 엄마를 걱정시키니"라고 슬픈 목소리를 내며 피해자 행세를 했다.

 뭔가 잘못됐다는 걸 깨달았을 때는 이미 과보호와 간섭의 수준이 정상 범위를 벗어나 있었다. 휴일에 친구들과 놀러 나가도 유리 혼자 먼저 귀가해야 했다. 불꽃놀이 구경이나 캠핑 같은 건 꿈도 못 꿨다. 친구들은 다들 밤에 메시지로 재미있게 대화를 나누는데, 유리는 핸드폰을 압수당해 함께 어울리지 못했다. 당연히 유리만 알아듣지 못하는 이야기가 많아졌고 소외감을 느낄 수밖에 없었다.

 부모님께 이 사실을 털어놓았지만 "그깟 일로 멀어질 친구는 있으나 마나야"라는 말만 들었다. 유리의 외로움과 불안함을, 부모님은 알아주지 않았다.

 4년제 대학 진학도 아버지가 반대했다. 확실한 이유도 설명해 주지 않고 그냥 가지 말라는 말만 했다. 그래도 요즘 같은 맞벌이 시대에 직업은 하나 있어야 한다는 엄마의 설득에, 그나마 집에서 통학할 수 있는 전문대에서 식품 영양학을 배울 수 있었다. 그러나 이마저도 유리의 의사와 무관하게 진행됐다. 부모님이 멋대로 정한 전공이었다. 전문대 졸업 후에는 집에서 가까운 병원에서 영양사로 일했다.

자신의 인생을 돌아보며 유리는 은근한 불편함을 느꼈다. 나는 그저 부모가 정한 길을, 부모가 원하는 대로 걸어 왔을 뿐이다. 마치 원치 않는 드레스를 입고 억지 포즈를 취하는 순간처럼, 눈에 보이지는 않으나 확실하게 느껴지는 괴리를 실감하는 기분이었다.

나는 그런 순간들을 반복하며 살아왔다….

문득 마음속을 채운 어두컴컴한 감정을 휘휘 고개를 저어 떨쳐내 본다. 그러고는 망설임 가득한 손짓으로 도쿄에 사는 오빠 다케시에게 전화를 걸었다. 몇 번의 신호음이 들리고 다케시의 목소리가 들렸다.

"안 그래도 전화하려던 참이었는데. 이사는 잘했고?"

"오빠, 그게, 엄마한테 전화가 왔는데…."

"받았어?"

"안 받았어. 아직 이혼한 건 모르는 눈치긴 한데…."

도쿄에서 대학을 다닌 오빠는 도쿄 시내의 회사에 취직했고 거기서 결혼도 했다. 지금은 두 아이의 아빠다. 다케시는 대학생 때부터 야마구치에 있는 본가로 돌아갈 생각은 없다고 선언했고, 말한 대로 살아가고 있다.

오빠에게만큼은 이혼 소식을 알리는 게 좋겠다고 이야기

한 사람은 데루야였다. 소원하게 지내는 건 알고 있지만 좋은 오빠 같으니 말해 두는 것이 좋겠다고 했다. 그 말을 듣고 오빠에게 연락했더니 데루야의 말대로 자기의 일처럼 진지하게 들어주었다. 그러면서 "이혼은 유감이지만 서로 지나치게 의존하는 관계에서 벗어나려고 마음먹은 것은 잘한 일이야"라고 했다.

서로 지나치게 의존한다고? 오빠는 그 이야기를 하면서 '공의존'이라는 낯선 단어를 썼다. 오빠는 "부모님과 너는 그런 관계야"라며 안쓰럽다는 듯한 목소리로 말했다.

"한동안은 이혼했단 얘기도, 그 어떤 연락도 하지 않는 게 좋을 거야. 부모님이 눈치챌 때까지 그냥 둬."

"그렇지만 그랬다간 분명 엄청나게 화를 낼 텐데…."

오빠의 목소리 뒤로 아이들과 새언니의 인기척이 들렸다. 오빠는 "그래도 돼. 그냥 놔둬"라며 웃었다.

"그 사람들은 네가 그 정도로 확실한 태도를 취하지 않는 한 느끼는 바가 없을 거야."

"그래도."

"난 네 홀로서기를 진심으로 응원해. 무슨 일이 생기면 내가 중간에서 어떻게 해 볼 테니까 걱정하지 말고."

꺄아! 귀가 아플 정도로 크게 소리를 지른 것은 아마도 여자 조카 쓰바사일 것이다. 아니면 남자 조카인 우이려나? 잘은 모르겠지만 아이들이 있는 북적대는 가정에서 느껴지는 단란함의 파편이 유리의 가슴에 박혔다.

"응…. 약한 소리 해서 미안. 좀 놀라서."

"마음 같아서는 전화번호도 싹 바꾸라고 하고 싶지만. 그랬다간 실종 신고부터 할 사람들이니까."

오빠가 하하, 소리를 내며 웃었다. 농담 삼아 한 말일 테지만 유리는 무언가에 두들겨 맞은 듯한 괴로움을 느꼈다. 그래, 그러고도 남을 사람들이지.

"암튼, 마음 편하게 먹고."

이 말만 남기고 오빠는 전화를 뚝 끊어 버렸다. 원래 사이좋게 수다를 떠는 사이는 아니었으니 어쩔 수 없는 일이지만, 왠지 내쳐진 것 같은 기분이 들었다. 저도 모르게 다시 전화를 걸려고 수화기를 들었다가 다급하게 내려놓는다. 이렇게 의존하면 부모님과의 관계와 다를 바가 없잖아.

화면이 꺼진 핸드폰을 한번 힐끗 쳐다보고는 테이블 구석에 밀어 놓았다. 입맛이 떨어져 손을 대지 않은 음식들을 내려다본다. 미지근해진 칵테일 캔을 다시 입에 가져갔다. 들쩍지근해서 도저히 마실 수가 없었다.

데루야가 그동안 모은 저금을 고스란히 양보해 준 덕에 당분간 생활비 걱정은 없었으나 이제부터는 혼자 힘으로 살아가야 했다.

다음 날, 유리는 모지에 있는 일자리 센터에 찾아갔다. 전문대에 들어간 것은 자신의 의지가 아니었으나 영양사 자격증을 따게 된 것만큼은 부모님께 감사하고 있다. 3년간 영양사로서의 실무 경험을 쌓은 후 국가시험을 통해 다양한 기관에서 일하는 관리 영양사가 될 수 있었고, 덕분에 혼자 먹고 살 정도의 수입은 벌 수 있었다. 이혼한다고 해서 길에 나앉을 걱정은 없으니, 이것이 데루야가 큰 망설임 없이 이혼을 결심할 수 있었던 이유 중 하나였을 것이다.

하지만 최근 1년간, 유리는 일을 하지 않고 전업주부로 살았다. 임신 준비를 위해서였다. 두 사람 다 신체적으로 문제가 없다는 진단을 받았기 때문에 시기를 맞춰 가며 시도했으나, 임신에 성공한 것은 딱 한 번뿐이었다. 하지만 그나마도 심장 박동을 확인하기 전에 계류 유산했다. 다시 임신에 도전할지, 아니면 직장에 복귀할지 고민하고 있던 차였다.

다행히 관리 영양사를 모집하는 곳이 두 군데 있었다. 잘만 풀리면 금방 직장을 찾을 수 있을 것 같다. 어젯밤부터 무거웠던 마음이 조금 가벼워졌다. 면접 날짜를 잡고 건물을 나서자, 가까이에 텐더니스 간판이 보였다. 어제 있었던 일을 떠올리며 발걸음을 옮겼다. 가게 바깥에 '알파커션군입니다. 잘 부탁해요!'라고 적힌 배너가 세워져 있었고 편의점 안에도 큼지막한 포스터가 붙어 있다. 내용을 보니 대대적으로 자체 캐릭터 공모전을 열었던 모양이다. 일본 전국은 물론 해외에서도 응모한 사람들이 있어 수많은 후보 중에 뽑힌 것이 바로 이 알파커션군이라고. 대상을 차지한 알파커션군을 탄생시킨 사람은 놀랍게도 유리도 아는 아이돌 그룹의 멤버였다.

"우와, Q-wick의 사이바라 아루…."

예쁘장한 얼굴의 스타일이 좋은 남자 아이돌로 기억한다. 아이돌이 된 것만으로도 대단한데 캐릭터 디자인까지 잘하다니, 재능이 참 많은 사람이구나 싶어 감탄했다.

"알파커션군 탄생 기념으로 스티커를 드립니다."

계산대 쪽에서 목소리가 들렸다. 300엔 이상 구매한 손님에게 스티커를 증정한다며 홍보하고 있다.

어, 그러고 보니 나는 어제 아무것도 못 받았는데.

어제는 꽤 많이 샀는데 스티커에 관한 이야기는 전혀 듣지 못했다. 딱히 갖고 싶은 건 아니지만, 이라는 생각을 하며 유리는 페트병에 든 차와 슈크림을 들고 계산대로 향했다. 총

액이 300엔을 넘기자 젊은 대학생 느낌의 여성 직원이 "이거 받으세요"라며 스티커를 건네줬다. 텐더니스의 로고를 배경으로 우뚝 서 있는 알파커션군이 뜨거운 눈빛으로 유리를 보고 있다.

"이거, 300엔 넘게 사면 누구나 받을 수 있는 건가요?"

유리의 질문에 여성 점원은 "물량이 소진되면 끝나는데 저희 매장에는 아직 여분이 있어서요"라고 답했다.

"손님이 많은 하카타나 고쿠라역 주변은 벌써 첫날에 다 나간 모양이더라고요. 다른 지역에서 사이바라 아루 팬들이 원정을 와서 사 간다는 얘기도 있고."

"아아. 다른 매장에서 알파커션군의 인형 탈? 이라고 하나 그걸 쓴 사람을 봤는데요."

"그럼, 아마 특별히 선정된 매장일 거예요. 텐더니스 점포 중에 특히 인기가 좋은 곳에만 가져다 놓는다는 얘기를 들었거든요."

"특별 선정? 특히 인기가 많은 곳… 이라고요."

그 가게가? 모지항의 주요 관광지에서 별로 가깝지도 않은데? 입지가 나쁘다고까진 할 수 없지만, 아무리 봐도 특별히 인기가 많을 곳으론 보이지 않던데. 머릿속에 물음표가 가득했지만, 뒤에 기다리는 손님들이 있다는 걸 깨닫고 "네, 감사합니다"라고 고개 숙여 인사한 후 편의점을 나왔다.

차에 돌아와 잠시 스티커를 들여다봤다. 귀여운 타입일 줄 알았는데 꽤 열정적인 느낌의 캐릭터였다. 이름에 들어간 퍼커션은 악기 이름에서 따온 모양인데. 이 알파카가 드럼 같은 타악기를 잘 치나? 이런저런 생각을 하며 스티커를 뒤집어 보니 '취미: 마라카스'라고 적혀 있었다. '좋아하는 음악: 라틴', '좋아하는 말: 고독은 사람을 강하게 만든다' 등 캐릭터 설정의 디테일이 유난했다. 생일은 4월 8일이란다. 캐릭터가 만들어진 지 얼마 안 된 것 같은데, 봄에 태어났다는 설정이구나….

대단히 웃긴 내용도 아니었는데 피식, 웃음이 새어 나왔다. 작게 미소 지은 유리는 글로브 박스에 붙어 있는 오래된 종이 옆에 스티커를 붙였다.

"그럴싸한데?"

중얼거리며 시동을 걸었다. 자, 이제 생활용품들을 사러 가 볼까.

혼자 산 지 닷새째, 금요일 오후였다. 이혼 사실이 부모님에게 발각됐다. 엄마가 데루야 혼자 사는 예전 집에 찾아가는 바람에 모든 사실이 밝혀졌다.

"역시 아직 말 안 했구나."

충격을 받고 대체 어떻게 된 일이냐며 소동을 피우는 엄마를 상대한 데루야의 목소리에서 옅은 피로함이 묻어났으나 그는 유리를 비난하지 않았다. 오히려 "그래도 의미 있는 첫발을 내디딘 거야"라며 오빠와 비슷한 이야기를 했다.

"당신이 어디에 있는지 물으시길래 주소는 모르지만 집을 구해서 혼자 지내고 있다고 했어. 걔는 그렇게 지낼 수 있는 애가 아니라면서 무책임하다고 뭐라고 하시긴 했지만. 뭐, 맨션 이름도, 몇 층 몇 호에 사는지도 모르는 건 사실이니까."

"미안해…. 엄마가 다른 실례되는 말은 안 했어?"

"이혼할 거면 둘이 같이 찾아와서 인사드렸어야 하는 거 아니냐고. 이혼 인사라니, 그런 말은 또 처음 들어 봤네. 참고 있었는데 순간적으로 뿜을 뻔했어."

웃음을 참는 듯한 목소리로 말한 데루야가 이내 다정한 말투로 "아, 웃어서 미안. 아무튼 힘내"라고 말했다.

"고마워."

통화를 마치자마자 아빠에게 전화가 왔다. 기함한 엄마가 집에 돌아가자마자 이혼 사실을 전했겠지. 더 이상 도망칠 순 없어. 마음을 단단히 먹은 유리는 호흡을 가다듬고 통화 버튼을 눌렀다.

아빠는 몹시 격양된 목소리였다. 전화를 받자마자 "어떻게 된 거야!" 하고 불같이 화를 냈다. 버럭버럭 소리를 지르면서 말도 없이 이혼하다니 이런 몰상식한 경우가 어디 있느냐,

그랬으면 집에나 올 것이지 어딜 혼자 쏘다니고 있는 거냐며 매섭게 호통쳤다.

"부모를 이렇게 걱정시키고 말이야! 당장 집으로 와!"

아빠의 목소리 너머 엄마의 기척이 느껴졌다. 유리는 깊게 숨을 들이쉰 후 "싫어"라고 답했다. 목소리가 살짝 떨렸다.

"돌아갈 생각 없어. 내 힘으로 살아갈 거야."

"헛소리하지 마!"

아빠가 또다시 고함을 질렀다.

"부모한테 말하지도 못할 이혼을 해놓고 도망을 쳐? 너 어떻게 된 건지 제대로 설명 안 해?"

"유리야. 집으로 와, 응? 아빠가 말은 이렇게 해도 다 너 걱정해서 그러는 거야. 집에 돌아오면 화 안 내실 거야. 집에 와서 엄마한테 무슨 일 있었는지 들려주지 않을래?"

엄마가 반쯤 울먹이는 목소리로 말했다.

"당신은 가만히 있어! 내 말 잘 들어. 당장 내 앞에 나타나서 해명해. 부모한테 말도 안 하고 그런 짓을 저지른 거 보면 대단한 뜻이라도 있는 거겠지. 와서 설득해 봐 어디. 안 그러면 인연 끊을 줄 알아!"

전화 너머로 들려오는, 회초리질 같은 호통에 현기증이 났다. 그러나 이를 악물고 견뎠다. 여기서 겁먹으면 끝이다.

오랫동안 부모를 두려워하며 살았다. 어릴 때부터 수많은 기쁨이 짓밟혔고 많은 것을 포기하도록 종용당했다. 아빠의 뜻을 거스르는 행동은 조금도 허락되지 않았고 엄마는 '어쩔 수 없잖니'라는 말만 지겹도록 반복했다. 반항하거나 맞서는 것을 생각할 일말의 틈조차 주지 않았다. 그렇게 부모의 방식을 거절할 힘 따위 없는 인간이 되었다. 생각도, 힘도 모두 빼앗긴 채 어른이 되고 말았다.

두려워해서는 안 된다. 이 사람들이 빼앗아 왔던 것들에 대해 화를 내야만 한다. 나를 이렇게 만들다니 용서할 수 없다고, 그렇게 말해야만 한다.

"인연을 끊고 싶으면 그렇게 해."

긴 숨을 두 번 내쉬었다. 다리가 덜덜 떨렸다. 간식으로 먹으려 했던 캐러멜 바나나 푸딩이 조용히 말라 가는 것이 시야 한구석에 들어온다.

"끊어도 된다고. 어쩌다 이렇게 됐는지, 나도 생각해 볼 테니까 엄마 아빠도 생각해 봐."

"뭐가 어째! 너 이 자식 뭐라 그랬어!"

"나도 나름대로 고민 많이 하고 결정한 일이야. 더 이상 방해하지 마!"

화를 내려 했는데 목소리가 볼썽사납게 뒤집혔다. 그대로 전화를 끊고 핸드폰을 침대 위로 던져 버렸다.

찬물을 뒤집어쓴 것처럼 몸이 달달 떨렸다. 의식적으로 호흡을 가다듬고 고개를 저었다. 푸딩과 함께 먹으려 준비해 둔 아이스 레몬 티를 단숨에 털어 넣었다.

"… 했어."

멍하니 중얼거리고 나니 아까와는 다른 유의 흥분이 폭발했다. 말했어. 말했다고. 엄마 아빠에게 확실히 말했어. 온 힘을 짜내 해냈다.

실은 하고 싶은 말이 더 많았다. 말로는 시집을 갔으니 그 집 사람이라고 해 놓고 쉴 새 없이 간섭하는 바람에 괴로웠다고. 빨리 애를 낳으라고 몰아세우는 바람에 데루야와의 관계가 틀어지기 시작했다고. 계류 유산을 했을 때, 마흔이 넘은 데루야의 정자가 늙어서 그런 거 아니냐는 말도 안 되는 소리를 데루야에게 대놓고 해서 그가 깊은 상처를 입었다고. 아이 없이 사는 것도 고려하고 있다는 말에 세상이 무너진 양 비관하며 난리를 쳐 고통스러웠다고. 재미라곤 없는 나에게 애정을 주고 결혼까지 해 준 소중한 사람인데, 너는 남자 보는 눈이 없다고 말한 일이 가슴에 맺혔다고.

데루야와 유리는 소위 말하는 사내 커플이었다.

재활 치료사인 데루야가 식당에서 일하는 유리를 보고 말을 건 것이 시작이었다. 여덟 살 연상인 데루야는 오랫동안 만나던 여자가 있었으나 상대가 양다리를 걸쳐 헤어졌다. 데루야는 만약 다시 새로운 인연을 만날 수 있다면 성실하고 착실한 사람이길 바랐는데 유리 너를 알게 됐어, 라고 말했다. 당신이라면 절대 남한테 상처 주지 않을 것 같아, 라고도.

유리는 자신의 성실함을 부끄러워하는 면이 있었다. 친구들이 유리에게 약간의 비아냥을 섞어 그런 말을 한다는 걸 알고 있었기 때문이다. "유리는 참 성실해"라는 말에는 '세상을 너무 몰라서 안 됐지만'이라는 의미가 들어 있었다. 하지만 데루야의 말에는 그런 감정이 조금도 담겨 있지 않아서 무척 기뻤다. 사귀자는 제안을 곧바로 받아들였고 결혼을 전제로 만나고 싶다는 이야길 들었을 때는 "나도"라고 답했다.

상냥하고 온화한 그는 과분할 정도로 좋은 사람이었다. 집안일도 나서서 했고 생일과 기념일은 잊지 않고 축하해 줬다. 바람을 피우거나 한눈팔 걱정은 조금도 할 필요 없이 언제나 유리를 최우선으로 생각해 줬다.

하지만 부모님은 데루야의 좋은 점을 알려고도 하지 않았다. 처음에는 나이가 많다며 대놓고 싫은 티를 냈고 술을 잘 못 마신다는 말에는 재미없는 남자라고 비난했다. 데루야한테 무례한 말 좀 하지 말라고 하면 "사실을 말했을 뿐이야"라며 정색했다. 엄마는 뒤에서 "허구한 날 술을 마시며 거드름만 떠는 아빠보다야 그래도 낫겠지"라며 편을 들어주는 건지 깎아내리는 건지 알 수 없는 말만 했다.

차라리 거리를 두는 편이 낫겠다 싶어 한동안 본가에 가지 않았더니 불쑥불쑥 집에 찾아왔다. 끊임없이 메시지를 보낸다. 속으로는 민폐라고 생각했을 텐데 항상 웃으며 받아 주는 데루야에게 감사했던 적이 한두 번이 아니었다.

그렇게 6년 반을 지내는 사이 데루야는 한계에 부딪혔다.

특별한 계기가 있는 것은 아니라고, 데루야는 말했다. 그냥 내 그릇으로는 감당이 안 돼서 다 흘러넘치는 기분이야. 그릇이 작다고 하면 반박은 못 해. 틀린 말은 아니니까. 하지만 이대로 더 있다간 당신까지 미워하게 될 것 같아, 라고.

"아아. 떠올리고 싶지 않은데."

바닥에 드러누웠다. 눈꺼풀이 묵직해 눈을 감았다. 유리는 어려서부터 정신적으로 큰 부담을 받으면 셔터를 내리듯 의식을 차단하는 버릇이 있었다. 잠깐이라도 잠들면 그동안은 아무것도 생각하지 않아도 되니까. 회피라는 자각은 있었으나 의지로 참아 낼 수 있는 문제가 아니었다.

몸이 딱딱하게 굳어 오는 불편함에 눈을 뜨자 이미 해가 진 후였다. 뻐근한 몸을 일으켜 머리를 흔들었다. 자리에서 일어나 불을 켰다.

"아, 푸딩…."

모지항역 근처의 카페에서 사 온 캐러멜 바나나 푸딩이 몇 시간 전과 똑같은 모습으로 애처롭게 놓여 있었다. 하지만 이제는 먹고 싶은 마음이 들지 않는다.

"푸딩아, 미안."

부엌 싱크대에 푸딩을 담은 접시와 다 마신 채 방치했던 컵을 들고 갔다. 그러고는 마지못해 침대 위에 던져둔 핸드폰을 집었다.

착신 메시지가 진절머리 날 정도로 많이 쌓여 있었다. 가장 최근에 도착한 엄마의 메시지를 열었다.

― 지금 어디에 있는지 알려 주겠니. 대체 혼자 어디에 있는데. 비즈니스호텔이라도 간 거니? 혼자서 뭘 어쩌려고 그래. 그래도 엄마는 유리 네 마음 다 알아. 아빠가 좀 강압적이잖니. 이혼했다는 말 꺼내기 어려웠을 거야. 집에 오는 것도 부담스러웠을 거고. 하지만 아빠도 아빠 나름대로 네 생각 많이 한단다. 지금은 저렇게 버럭거려도 분명 용서해 줄 사람이야. 아빠가 화 풀도록 엄마도 같이 빌 테니까 걱정하지 말고.
엄마도 아빠랑 이혼하고 싶었던 적 많았어. 하지만 엄마 부모님은 집으로 돌아와도 된다고 할 사람들이 아니었어. 그래서 엄마는 다 너희를 위한 일이라고 생각하면서 지금까지 꾹 참고 산 거야. 지금도 불만이야 있지만 내가 선택한 길이니까. 아빠가 가족한테 정 없이 구는 사람은 아니라서 버티는 거지.

엄마는 슬프게도 돌아갈 집이 없었지만, 유리 너는 돌아올 집이 있잖니. 고맙게 생각했으면 해. 이렇게 생각 없이 굴지 말고 제대로 대화하자.

다정한 척, 정중한 척하는 장문의 메시지에 진력이 났다. 엄마는 아무것도 모른다. 본인들이 딸의 결혼 생활에 얼마나 결정적인 영향을 끼쳤는지 상상조차 못 하겠지.
　오빠에게서도 메시지가 와 있었다.

　― 엄마가 전화했더라. 나한테 미리 상의했으니 문제 될 거 없다고 했어. 이제 부모님 연락은 무시해도 돼. 용기 낸 모양이네. 잘했어.

엄마의 메시지 보다 훨씬 짤막한 글이었지만 몇 배 더 마음에 와닿았다. 미련 없이 부모의 그늘에서 벗어나 버린 오빠에게 시기 어린 원망의 마음을 품은 적도 있지만 오빠가 있어서 정말 다행이라는 생각이 들었다.

　― 고마워.

짧게 답장을 보냈다.

깊은 한숨을 쉰다. 결국 데루야에게도, 오빠에게도 신세만 졌다. 엄마 아빠에게 마음속에 쌓아 둔 이야기를 다 하겠다고 마음먹었지만 정작 감정에 휩쓸려 몇 마디 하지도 못했다. 하고 싶은 말이 훨씬 더 많았는데.

눈가에 촉촉하게 눈물이 번진다. 이 나이 먹고도 이렇게밖에 못하는 스스로가 한심했다.

조금 울고 난 후 유리는 다시 고개를 젓고 정신을 차렸다. 혼자 울적하게 있어 봤자 아무것도 달라지지 않는다. 누구에게도 털어놓을 수 없다면 스스로 기분을 바꿀 수밖에 없다. 집에서 혼자 훌쩍거릴 바에야 차라리 밖으로 나가자.

집을 나서려고 했으나 막상 갈 곳이 없었다. 이럴 때 친구라도 있으면 만나자고 하거나 전화라도 걸 텐데. 학창 시절의 친구들과는 서서히 멀어졌고, 전 직장에서는 친하게 지내는 사람조차 없었다. 돌이켜 보면 부모의 속박 때문에 친구들도 사귀지 못했고 친해지는 방법도 배우지 못했다.

"… 그만, 그만 생각하자! 기분만 무거워지잖아!"

휘휘 고개를 저은 유리는 자동차 열쇠를 집어 들었다. 사람이 있는 곳에 가고 싶었다.

하지만 이제 막 이사 온 모지항에서 갈 만한 곳이 떠오르지 않았다. 목적지도 없이 차를 몰다 텐더니스 모지항 고가네무라점 주차장으로 들어섰다.

오늘은 그 이상한 점장이 없으려나.

주뼛거리며 가게 안에 들어서자, 눈앞에 서 있던 덩치 큰 사람과 부딪혔다. 하얀 탱크톱에 새빨간 멜빵바지를 입은 대머리 노인이었다. 키가 컸고, 까무잡잡하게 그을린 근육질 팔뚝이 터질 듯했다. 하얀 수염이 입가를 덮고 있었고 눈빛은 날카로웠다.

10월에 접어든 후 밤공기가 꽤 서늘해졌다. 긴소매 셔츠에 얇은 재킷을 입은 유리도 쌀쌀함을 느끼는 날씨였는데 아직 탱크톱 차림이라니….

"아이고. 실례했습니다, 아가씨."

멈춰 선 유리를 발견한 노인이 한쪽 입꼬리를 끌어올리며 자리를 비켜 준다.

"아, 아뇨. 그…."

무섭다. 개성이 너무 강해 무서울 지경이다. 뭐지?

당장 차로 돌아가고 싶은 충동이 일었지만 그랬다간 저 노인이 화를 낼지도 모른다는 생각에 발걸음이 떨어지지 않았다. "고맙습니다" 작게 웅얼거리며 노인 옆을 지나쳐 가려는데 "아가씨, 이 동네 사람 아니죠?"라는 말이 들렸다. 경계하는 모습을 보이자 "아, 무서워할 건 없고"라며 또다시 빙긋 웃은 노인이 A4 크기 정도 되는 종이를 내밀었다.

"이거 모지항 관광 팸플릿 최신판인데 괜찮으면 참고해요."

분위기에 압도당해 얼결에 받아 든 종이에는 '모지항 120% 즐기기'라는 제목이 동글동글하고 귀여운 글씨체로 적혀 있었다. 종이 한구석에 전혀 어울리지 않는 옛날 판화 느낌의 여자 그림 위로 '싹트는 우정! 넘치는 애정! 모지항 절정!'이라는 말풍선이 달려 있었다. 설마 이거 라임 맞춘 거야…?

"이 몸이 직접 만들었다고."

싱글벙글. 노인이 또 웃는다. 그의 낮은 목소리는 힘 있으면서도 다정했다. 어쩌면 좋은 사람일지도 모른다고, 유리는 생각했다.

"가져가도 돼요?" 하고 묻자 "물론. 가져가 주면 내가 고맙지"라며 미소 지었다.

"감사합니다. 이사 온 지 얼마 안 돼서 아직 이 주변을 잘 몰라요."

쓸데없는 말을 덧붙였다는 생각에 잠시 후회했지만, 노인은 "그렇구먼. 여기 아주 좋은 동네야"라며 끄덕였다.

"나는 이 동네에서 '빨강 할아버지'라고 불려요. 자칭 모지항 명예 관광 대사이기도 하고. 무슨 일 있으면 사양 말고 찾아 달라고."

"아, 네에."

어색하게 답하는데, 가게의 다른 입구에서 초등학교 고학

년쯤 되어 보이는 소년이 들어왔다. 소년은 빨강 할아버지를 보고 "안녕하세요!"라며 큰 소리로 인사했다.

"오, 히카루구나. 이 시간에 웬일이야?"

"아빠가 야근하는 날이라 다키지 할아버지 집에서 자고 갈 건데 칫솔을 깜빡하고 안 챙겨 와서요."

"그래. 다키지 씨한테 다음에 저기서 한잔하자고 전해 줘라."

빨강 할아버지가 소년이 들어온 입구 쪽을 가리키자, 히카루라고 불린 소년이 "오케이" 하고 고개를 끄덕이더니 안쪽으로 들어갔다. 칫솔을 골라 계산을 마친 후에는 다시 그 입구로 사라졌다.

"저기에 취식 코너가 있거든."

유리의 시선을 느꼈는지 빨강 할아버지가 설명해 줬다. 누구나 사용할 수 있는 공간이니 편하게 들어가도 돼요. 여기, 고가네무라 빌딩에 사는 주민들이 관리하는 곳인데 과하게 열정적인 게 흠이기는 하지만 친절하고 좋은 사람들이거든. 저 취식 코너를 통해서 가는 게 엘리베이터가 더 가까워서 주민들은 저쪽으로 많이 다니지.

"아, 취식 코너요."

"주말 밤에는 바로 변신하기도 하고."

으흐흐, 빨강 할아버지가 웃는다. 어릴 때 할아버지 집에 가면 틀어져 있던 사극에 나오는 악역을 떠올리게 하는 웃음이었다.

"고가네무라 빌딩에 사는 주민들이랑 편의점 단골손님들이 모여서 여기서 산 술이랑 안주로 한잔하는 거야. 쓰기라는 남자가 오는 날에는 특별히 더 좋은 술을 마실 수 있지. 셰이커를 챙겨 와서 오리지널 칵테일을 만들어 주거든."

"아, 그런 자리에 끼는 걸 제가 좀 어려워해서."

이미 자리 잡은 모임에 끼어드는 건 쉬운 일이 아니다. 그런 특출난 요령이나 행동력이 있을 리 없잖아. 유리는 아까 받은 팸플릿을 가슴에 안고 "이것저것 알려 주셔서 감사합니다" 하고 고개를 숙였다.

"아녜요, 괜히 붙잡은 내가 미안하지. 모지항에서 즐겁게 지내요."

으흐흐, 큰 소리로 웃은 빨강 할아버지가 가게를 나섰다. 뒷모습을 바라보는 사이, 새빨간 삼륜 자전거를 타고 떠났다. 멀어지는 넓은 등을 쳐다보다 가슴에 안은 팸플릿으로 시선을 돌렸다. 총천연색으로 인쇄하다니 품깨나 들었겠다. 유리는 팸플릿이 꾸겨지지 않도록 조심스럽게 토트백 안에 넣었다.

식욕은 없었으나 도시락과 차를 골랐다. 지난번 푸딩을 못 먹었던 것이 생각나서 '가을의 맛 고구마 푸딩'도 집었다.

계산대에 가니 시바가 있었다. 오늘은 인형 탈을 뒤집어쓰지 않았다. 둘러보니 알파커션군이 재단(祭壇) 같은 곳 위에 모셔져 있고, 금빛 그릇 위에 티머시가 공양물처럼 올라가 있다. 이게 뭐지?

"지난번에도 와 주셨죠, 감사했습니다."

시바는 유리를 기억하는 듯했다. 뒤쪽에 있는 재단을 가리키며 "저 못 쓰게 하려고 이렇게 해놓은 거 있죠. 너무하지 않나요?"라며 눈꼬리를 늘어뜨린다. 그러더니 "빨강 할아버지가 주신 관광 팸플릿, 저도 추천합니다"라며 말을 이었다.

"죄송해요, 두 분 대화하시는 게 살짝 들렸거든요. 관광객뿐 아니라 이 동네 주민인 저희한테도 유익한 정보가 많더라고요. 무료로 받는 게 미안할 정도라니까요."

"그래요? 아, 봉투에 넣어 주시겠어요?"

"네, 알겠습니다."

계산을 마치고 봉투를 받아 들었다. 가게를 나오려는 순간 여러 명의 젊은 여자들이 몰려들어 왔다. 계산대 안쪽에 있는 시바를 발견한 그들은 "시바 씨!!" 하고 들뜬 목소리로 외쳤다.

"오늘도 수고가 많으셨습니다. 저도 시바 씨 만나려고 오늘 하루 열심히 일했어요!"

"고생 많으셨어요. 어서 오세요."

"네에! 다녀왔습니다!"

도대체 이게 편의점에서 오가는 대화가 맞나 싶어 유리는 발걸음을 멈추고 뒤를 돌아봤다. 여성들이 대결이라도 하듯 장바구니를 채우더니 시바 앞에 줄을 선다. 안쪽에서 다른 점원이 "고객님, 이쪽 계산대에서 도와드리겠습니다"라고 말을 걸었지만 여성들은 "괜찮아요"라고 입을 모았다. 점원도 익숙하다는 듯 "네, 알겠습니다" 하고 답할 뿐이다.

여기 대체 뭐지?

호기심이 마구 솟구친다. 왠지 이대로 집에 가긴 아깝다고 생각한 유리가 취식 코너로 발걸음을 옮겼다. 가까이에서 관찰하면 그들의 정체를 알 수 있을지도 모른다.

취식 코너는 편의점에 딸린 자유 공간이라고는 믿을 수 없을 정도로 깨끗하게 정리되어 있었다. 커피숍이나 찻집에 들어온 것 같은 착각이 들었다. 사람이 아무도 없길래 주차장을 내다볼 수 있는 카운터 자리 구석에 앉았다.

옆에는 노란색과 오렌지색 거베라를 꽂아 둔 꽃병이 있었다. 이 꽃도 따로 관리하는 사람이 있는 거겠지? 무료로 개방해 둔 곳치고는 구석구석에서 정성스러운 손길이 느껴졌다.

열려 있는 문 건너편에서 북적북적한 소리가 들린다. 시바 씨, 다음 휴일은 언제예요? 기타큐슈 시립 미술관에 같이 안 갈래요? 지금 재미있는 전시를 한대요. 그러지 말고 나랑 영화 보러 가요. 고쿠라쇼와칸에서 시바 씨가 좋아할 만한 영화가 상영 중이거든요. 그만들 해, 시바 씨도 바쁘시다고. 그보다 제가 집 청소 좀 해드려도 될까요?

노골적으로 라이벌 의식을 불태우는 대화가 왜 편의점 안에서 오가고 있는지 당최 이해가 안 된다. 사 온 음료를 한 입 마신 유리가 무심코 귀를 쫑긋 세웠다. 시바가 어떻게 반응할지 궁금했는데 "특정 손님과 개인적으로 외출하는 건 어렵습니다"라며 슬쩍 선을 그었다.

"누군가를 특별 대우하면 큰 소란의 불씨가 된다는 사실을 바로 여러분이 가르쳐 주셨잖아요. 제 마음속에선 여러분 한 명 한 명이 다 특별하지만요."

캬아! 쩌렁쩌렁한 비명에 유리는 마시던 차를 뿜었다. 아니, 진짜 이게 여기서 오가는 현실 속 대화가 맞아? 드라마나 만화에 나오는 이야기가 아니고? 장담컨대 지금껏 내가 살아온 세상에서는 들어 본 적 없는 말들이라고.

가방에서 손수건을 꺼내 젖은 입 주변을 닦는다. 하지만 이내 '나쁘지 않겠다'라고 생각했다. 일을 마치고 호감 있는 남성에게 찾아가 데이트 신청도 하고 다정한 말을 듣기도 하면서 천진하게 수선을 피우다니. 그것이 일상이라니. 나는 평생 그런 경험을 해 본 적이 없었다. 퇴근하면 곧바로 집에 갔고, 회식이 있어도 통금 시간을 지키느라 9시 전에 자리를 떠야 했다. 데루야와 만날 때에도 통금 시간은 바뀌지 않았고 결혼을 약속한 후에 겨우 한 시간이 늦춰졌을 뿐이다.

"좋겠다."

속으로 생각했던 말이 무심결에 흘러나왔다. 작은 중얼거림은 누구에게도 닿지 않는다. 당연한 일인데도, 익숙한 일인데도, 시끌벅적한 사람들이 옆에 있어 그런지 유독 쓸쓸했다.

주차장에 미니 트럭이 들어왔다. 가게 불빛에 비친 차 바깥에는 '무엇이든 맨'이라는 로고가 붙어 있었다. 스윽 멈춰 선 차에서 내린 이는 옅은 녹색의 점프슈트를 입은 남자였다. 점프슈트의 윗부분은 허리에 감은 채 하얀 탱크톱을 입고 있었다. 긴 머리를 뒤로 묶었고 입 주변에는 수염이 가득했다.

아까 만난 빨강 할아버지랑 둘이 모 게임과 관련된 일이라도 하는 걸까?

세계적으로 유명한 게임 속 배관공 캐릭터를 떠올린 유리였으나 두 사람의 나이 차가 꽤 될 것 같아 일단 그 생각은 지웠다.

남자는 기분이 좋지 않은 듯한 모습으로 미니 트럭에서 커다란 천 가방을 꺼냈다. 거기에서 핸드폰을 꺼내 누군가에게 전화를 걸더니 잠깐 통화한 후 점프슈트 주머니에 집어넣는다. 가방을 어깨에 둘러메고 가게 안으로 들어왔다.

화들짝 놀란 유리는 가을의 맛 고구마 푸딩의 비닐을 뜯어 숟가락을 꽂았다. 이것만 먹고 집에 가자. 여기서 남들이 즐겁게 떠드는 소리를 들어 봤자 공허함만 커질 거야.

거의 다 먹었을 때쯤, 점프슈트 차림의 남자가 취식 코너로 들어왔다. 유리의 등 뒤에 있는 4인용 테이블 두 개를 붙이기 시작한다. 얼마 안 가 백발의 남성 두 명과 아까 빨강 할아버지와 인사하던 히카루가 나타났다.

"주말도 아닌데 웬일이야, 쓰기 군?"

"언제까지 맥 빠져 있을 수도 없으니까요. 저의 소중한 '아소산마루'를 떠나보내는 송별회입니다."

쓰기라고 불린 남자가 풀 죽은 목소리로 답하자 히카루가 "아직도 미련이 남았어요?"라며 웃는다.

"딱 봐도 안 될 것 같던데요. 어떻게 그걸로 1등을 기대할 수가 있지?"

"이거 왜 이래. 내 독창성이 얼마나 돋보였는데!"

"뭐, 돋보이긴 했죠, 다른 의미로."

"아니라니까."

두 사람의 대화를 들은 할아버지들이 웃음을 터뜨렸다. 한쪽이 "아내가 안주 만들어 온대"라고 말하자 다른 한쪽이 "아, 우리 집사람도 저녁에 튀긴 닭튀김을 그릇에 잔뜩 담고 있더라고. 분명 여기로 가져올 거야"라고 답했다. 아마도 지금 여기서 빨강 할아버지가 말했던 '바'가 열릴 모양이다.

더 이상 앉아 있기 불편해진 유리가 자리에서 일어났다. 다 먹은 후의 쓰레기들을 봉투에 모아 나가려던 순간이었다.

"누나는 다른 약속 있으세요?"

등 뒤에서 유리를 불러 세운 사람은 조금 전까지 쓰기와 장난을 치던 히카루였다.

"괜찮으면 딱 한 잔만이라도 드시고 가세요. 쓰기 아저씨가 맛있는 음료 만들어 줄 텐데."

"네? 아…."

뒤를 돌아보자, 네 명의 시선이 모두 유리를 향해 있었다.

"아, 그, 그게 제가…."

"차 때문이면 무알코올로 만들어 줄 테니까 한잔하고 가세요."

쓰기가 가방에서 셰이커를 꺼내더니 흔드는 흉내를 냈다.

"지금 그렇게 가면 우리가 괜히 장소랑 시간을 뺏은 것 같아서 마음이 불편해서 그래요. 여기가 좋은 기억으로 남았으면 좋겠는데."

"아…."

"사실 내가 알파커션군한테 대상을 뺏겼거든요."

쓰기의 눈썹이 힘없이 쳐졌다.

"뭐, 뺏겼다고 하긴 좀 그런데, 아무튼 처음 모집 공고가 나왔을 때부터 진짜 열심히 준비했다고요. 근데 결과가 완전 꽝이라. 위로해 줄 겸 한잔하고 가요."

무섭게 생겼다고 생각했는데 싱긋 웃으니, 어딘가 귀여워 보였다.

"아가씨, 안 바쁘면 잠깐만 있다가 가요. 우린 이 빌딩에 사는 주민들인데 앞으로 여기를 개방형 바로 만들면 어떨까 테스트 중이거든요. 즐기는 사람들이 없으면 이 계획도 무산될 테니까, 시간 괜찮으시면 우리도 부탁 좀 할게요."

할아버지 두 분이 손을 모으고 말했다. 무려 네 명이나 부탁을 하니 유리도 거절하기가 어려웠다. "그럼, 무알코올로 부탁드릴게요"라고 주뼛주뼛 말하자 쓰기가 "오케이!"라며 하얀 이를 드러내고 웃는다.

매장에서 사 온 주스와 과일 통조림, 각 얼음과 잔 등을 늘어놓은 쓰기가 유리를 향해 "원래 술 좀 드세요?" 하고 묻는다.

"아… 별로, 잘 못 마셔요. 가끔 생각나면 달콤한 과일 칵테일을 살짝 마시는 정도예요. 맥주는 써서 잘 안 먹고요."

당황하며 답하자 잠시 생각에 빠져 있던 쓰기가 "그럼, 히카루가 좋아하는 음료로 만들어 드리면 되겠네"라면서 고개를 끄덕였다. 옆에 있던 히카루가 밝은 목소리로 "신난다!" 하고 외쳤다. "저도 도울게요!"라고 말한 히카루가 쓰기 바로 옆에 조수처럼 딱 붙어 섰다.

쓰기가 핸드 믹서로 오렌지 주스와 통조림 파인애플을 섞었다. 얼마 지나지 않아 서서히 거품이 일었다. 히카루는 그 옆에서 방금 사 온 듯한 진저에일을 피처에 따랐다.

"좋았어, 이제 섞는다."

믹서로 섞어 거품이 생긴 음료를 피처에 담자 한층 더 거품이 풍성해졌다.

마치 맥주 거품 같은 모습에 유리는 "와아" 하고 감탄의 소리를 흘렸다.

"자, 어린이용 맥주. 이건 달고 맛있어요."

플라스틱 잔에 담아 준다. 컵 두 개에 음료를 따른 쓰기가 "여기 있습니다"라며 유리와 히카루에게 잔을 건넸다.

"누나, 우리 건배해요."

천진하게 웃은 히카루가 자신의 컵을 들더니 유리의 잔에 콩, 하고 부딪힌다. 조심스럽게 한입 마셔 본 음료는 달콤하면서도 톡톡 튀는 느낌이었다.

"으음, 맛있네요."

쓰기에게 말하자 "그쵸?"라며 가슴을 쫙 편다.

쓰기는 두 할아버지에게도 한 잔씩 술을 만들어 주었다. 할아버지는 "맛있네", "40대에 다니던 술집에서 먹던 맛이랑 똑같아"라면서 술맛을 음미했고 그중 한 명은 "땅콩 좀 사 올게"라며 매장 쪽으로 향했다.

"누나, 이거 봐요. 이게 쓰기 아저씨가 혼신의 힘을 쏟아 만든 '아소산마루' 캐릭터예요."

유리는 히카루가 내미는 핸드폰의 화면을 슬쩍 들여다봤다. 흐느적거리는 팔다리가 달린 사다리꼴 모양의 캐릭터 비스름한 그림이 있었다. 검게 칠해진 두 개의 눈과 콧구멍, 무수히 많은 치아가 보이는 커다란 입.

"하아, 무서워."

미처 적당한 표현을 고를 틈이 없을 정도로 충격적인 그림이었다.

"꿈에 나오면 벌떡 일어날 수준인데…. 설마 이게?"

"텐더니스 자체 캐릭터 응모전에 냈던 쓰기 아저씨 회심의 작품이에요."

"아니, 이게 진짜 무서워? 애교가 철철 넘치잖아."

쓰기가 심각한 얼굴로 히카루에게 묻자, 히카루는 "저는 마음에 들어요"라고 말했다.

"그러니까 배경 화면으로 해 뒀죠. 근데 아무리 봐도 많은 사람이 좋아할 스타일은 아니지 않나?"

"허어, 어떻게 그런 말을! 봐봐, 남다른 센스가 딱 느껴지지 않아? 살짝 숨겨진 사랑스러움이 안 보이냐고? 온몸의 신경을 곤두세우고 제대로 느껴 보라니까."

"그러니까 아저씨도 온몸의 신경을 곤두세워야 겨우 느껴진다는 사실은 인정하는 거죠?"

두 사람의 이야기를 들으며 다시 한번 아소산마루를 들여다봤다. 자세히 살펴보니 구석구석까지 꼼꼼하게 디테일을 넣어 두었다. 왼쪽 손에는 '평화' 오른쪽 손에는 '사랑'이라고 적힌 희한한 봉을 들고 있었고, 살짝 삐뚤어진 입가는 아무래도 웃고 있다는 표시 같았다. 그림을 크게 확대하자 '우리는 친한 친구'라는 말풍선이 달린 것이 보였다.

아무래도 빨강 할아버지랑 비슷한 취향 같은데….

가방 안에서 팸플릿을 꺼내 비교해 보니 두 사람이 의도하는 바가 무척 비슷해 보였다.

품, 하고 웃음을 터뜨리자, 히카루가 "어? 빨강 할아버지 책이다" 하고 말했다.

"그 할아버지, 유명하신 분이야?"

"유명하죠. 빨강 할아버지한테 받은 거 맞죠, 이거?"

"어때, 두 사람 좀 비슷한 거 같지 않아? 그림 그리는 센스가."

빨강 할아버지가 그린 그림을 가리키며 히카루에게 묻자 쓰기가 "흐음" 소리를 내며 인상을 찌푸렸다.

"아무리 봐도 내가 훨씬 낫거든?"

"제가 보기에도 엇비슷한 거 같은데요?"

이렇게 답한 히카루와 유리가 눈을 마주치고 함께 고개를 끄덕인다.

"말도 안 돼. 다키지 씨, 저랑 빨강 할아버지랑 비교하면 제가 그림 그리는 센스가 훨씬 좋잖아요. 안 그래요?"

"흐음, 내가 보기엔 같은 부류던데?"

다키지라고 불린 할아버지는 두 사람의 그림 실력을 모두 알고 있는 모양이었다. 고민도 하지 않고 건넨 대답에 쓰기가 "거짓말…"이라며 울상을 지었다.

"안주 가져왔어요!"

시끌벅적하게 모습을 드러낸 두 사람은 여기 있는 할아버지의 아내들인 모양이었다.

얼마 안 가 "어? 오늘 이거 하는 날이에요?"라며 매장 쪽에서 젊은 남자 두 명이 들어왔다. 눈 깜짝할 새에 북적거리기 시작했다.

나 정말 여기에 있어도 되는 걸까….

의기소침해지던 유리에게 히카루가 "할머니가 만든 닭튀김, 진짜 맛있어요"라며 종이 접시에 담긴 닭튀김을 건넸다. 이쑤시개가 꽂힌 노릇노릇한 닭튀김이 먹음직스러웠다.

"히카루네 할머님이셔?"

즐거운 듯 웃는 할머니를 보며 묻자, 고개를 끄덕인 히카루가 "친할머니는 아니지만요. 우리 모지항 할머니, 할아버지예요"라며 할머니와 다키지를 가리켰다.

"아, 그렇구나. 잘 먹겠습니다."

아이 주먹만 한 큼지막한 닭튀김을 한입 베어 문다. 튀긴 지 좀 된 듯 살짝 식어 있었는데, 그 덕에 오히려 맛이 잘 느껴졌다.

"어? 마늘을 안 넣고 튀기셨네…. 그런데도 깊은 감칠맛이 난다. 너무 맛있어."

무심코 뱉은 말에 다키지가 "맛있죠? 우리 안사람이 마트 반찬 판매대 주임이거든. 초고속으로 승진했다니까"라며 자랑스러운 듯 말했다.

"아휴, 당신도. 그게 무슨 자랑거리라고 그래! 어머, 처음 뵙는 분이 계시네. 난 준코라고 해요. 여기 위에 살고요."

"아, 히우라 유리라고 합니다. 얼마 전에 이 근처로 이사 왔어요. 잘 부탁드립니다."

고개 숙여 인사하자 준코와 다키지도 "잘 부탁해요"라며 웃었다. 생김새는 전혀 다른데 웃는 표정만큼은 똑 닮아 있었다.

말을 거는 사람들에게 자기소개를 하는 사이 집에 갈 타이밍을 놓치고 말았다. 엉거주춤 카운터 끝자리에 앉아 주변을 둘러봤다. 슥 하고 누군가가 들어오면 또 누군가는 슬쩍 자리를 뜬다. 텐더니스에서 먹을 걸 사 온 듯한 젊은 남녀가 호기심 어린 눈빛으로 취식 코너를 둘러보더니 사 온 주스를 함께 마시고 돌아갔다.

"저기, 저도 이사 온 지 한 달 정도밖에 안 됐거든요."

말을 걸어온 사람을 향해 시선을 돌리자, 동갑이거나 한두 살 정도 어릴 듯한 여성이 서 있었다. 동그란 얼굴에 상냥한 눈빛을 가진 사람이었다.

"시어머니가 몸이 안 좋으셔서 남편이랑 본가에 들어와 모시고 있어요. 지금까지는 친정에서 가까운 히로시마에 살았고요."

옆에 좀 앉아도 되죠? 양해를 구하며 유리의 옆자리에 앉는다.

"제가 아직 친구가 없어요. 이사 온 지 얼마 안 되기도 했고 집에서 어머니를 돌보다 보니 자유 시간이 한정적이라서요. 그래도 남편이 배려를 잘해 줘서 퇴근하면 교대해요. 자기 부모님이니까 당연한 일이라면서요. 그래서 지금 생활에 딱히 불만은 없는데."

자신을 유카라고 소개한 여성은 유리에게 개인적인 이야기를 술술 털어놓았다. 자신이 동의해서 모지항에 온 것이고 남편이나 시어머니에게 불만은 없지만, 익숙지 않은 환경 탓인지 때때로 외로움을 느끼는 것은 어쩔 수 없다고. 기분 전환 삼아 가족 외의 사람과 시답지 않은 수다를 떨며 웃고 싶어질 때가 있다고 했다.

"집에서 이 편의점이 가깝거든요. 얼마 전에 한숨 돌릴 겸 간식이라도 먹을까 싶어 혼자 들렀는데 그때도 오늘처럼 다 같이 모여 왁자지껄하더라고요."

유카가 주위를 둘러보며 즐거워 보이는 사람들의 얼굴을 바라봤다.

"들어왔다 가라고 해서 슬쩍 껴서 놀았는데 너무 재미있는 거예요. 오늘도 와 보니까 다들 모여 있길래 신이 나서 들어왔죠."

편안하게 표정을 누그러뜨린 유카가 말했다. 그러고는 다시 유리에게 시선을 돌리고 "아, 죄송해요. 초면에 너무 제 얘기만 했죠"라며 민망하다는 듯 웃는다.

"그래도 스스로 벽을 세우면 혼자 그 안에서 웅크리고 있게 되잖아요."

"… 그렇긴 하죠."

"아까 언뜻 듣기로는 최근에 이사 오신 것 같던데, 실례가 아니라면 성함 좀 여쭤봐도 될까요?"

유카의 물음에 유리가 화들짝 놀랐다.

"아! 제가 아직 이름도 말씀을 안 드렸네요. 히우라 유리예요. 들으신 것처럼 이사 온 지 얼마 안 됐어요. 이혼하고 여기로 왔고요."

유카가 아무렇지 않게 자신의 이야기를 들려줘서 그런가

유리도 덩달아 말해 버렸다. 유카가 "어머" 하고 놀란 눈을 하길래 유리가 "갑자기 이런 말 해서 놀라셨죠, 죄송해요"라며 살짝 고개를 숙였다.

"아휴, 왜 사과를 하고 그러세요. 저한테는 편하게 말씀하셔도 돼요."

유카의 말에 어색한 반응을 보이자 유카가 "저도 제 사정 편하게 얘기했으니까 혹시 말하고 싶은 게 있으면요. 괜한 오지랖이었으면 미안해요"라며 멋쩍게 고개를 갸웃거렸다.

"아, 아뇨. 딱히 대단한 얘깃거리가 아니라서. 서로 합의하고 헤어졌거든요…."

하하, 유리는 웃어 보이려 했으나 생각만큼 잘되지 않았다. 목이 굳은 것처럼 어색한 소리가 났고 입꼬리가 부자연스럽게 떨렸다. 이내 웃음기를 지운 유리가 "분명 서로 사랑했는데 제가 다 망쳐 버렸어요"라며 혼잣말처럼 중얼거렸다.

"부모님이 좀 강압적이세요. 남편을 최우선에 두고 싶었는데 부모님의 존재가 자꾸 걸려서. 부모님 눈치를 보느라 남편을 뒷전에 두고 말았어요. 남편이 저를 생각해서 부모님께 문제가 있다고 말해 줬는데, 그런 말 하지 말라며 제가 적반하장으로 화를 내는 바람에 분위기가 냉랭해진 적도 많고요. 평생 부모님 기분만 살피며 살다 보니 반사적으로 그렇게 되더라고요."

말하는 동안 유리는 생각했다. 실은, 다 알고 있다. 부모님의 잘못만은 아니라는 걸. 나에게도 문제가 있다는 걸. 부모님에 대한 자신의 체념을 남편에게도 종용했다. 우리 부모님은 원래 이런 사람들이야. 우리 부모님은 그런 게 당연한 줄 안다고. 이렇게 말하며 남편이 이해해 주길 암묵적으로 강요했다. 데루야의 인내가 한계에 다다른 것도 그 때문이었다.

"그렇게 멋대로 굴어 놓고, 정작 제가 한계에 부딪힌 거예요. 부모님이랑 남편 사이를 중재하다 지쳐서 남편에 대한 애정을 잊은 거죠."

왈칵 눈물이 쏟아질 것 같아 목구멍 안에 힘을 꽉 주었다.

"스스로 생각해도 너무 못된 거 있죠. 우리 부모님을 이해하라고 남편만 잔뜩 몰아세우다가 내가 지쳐서 아, 이제 못 하겠다면서 손을 놔 버리다니. 정말 최악이에요. 제가 봐도 질리더라고요. 나를 알아봐 준 사람, 내가 사랑했던 사람인데. 세상에서 제일 멋진 남자를 시들시들한 아저씨로 만들어 놓고."

데루야는 좋은 남편이었다. 유리가 제멋대로 굴어도 늘 옆에 있었고 마지막의 마지막까지 사랑해 주었다. 우리 부부의 문제니까 둘만 생각하자, 다른 사람의 얘기에 휘둘리지 말자, 그렇게 항상 날 다독여 줬다. 그런 사람을 두고 부모님에게 질질 끌려다닌 건 결국 나다. 그런데도 우리 가족들에게 휘둘려 피폐해진 사람에게 '시들시들한 아저씨' 같은 말이나 하고 있다니.

"이제는 저랑 헤어졌으니 다시 멋진 사람으로 살겠죠. 그게 낫잖아요. 그래서 헤어질 때 울지도 못했어요."

이건 진심이다. 나처럼 귀찮은 여자한테 휘둘리지만 않으면 그는 원래의 모습으로 돌아갈 것이다. 그런 그의 모습을 상상하면 기뻤다.

"아, 딱 한 번 울었구나. 오븐 레인지를 들고나오는데 너무 무거워서 떨어뜨릴 뻔했거든요. 그 순간에 저도 모르게 남편의 이름을 부른 거예요. 한심하죠? 상처만 줘 놓고, 이제는 힘없는 아저씨가 다 됐다고 생각했으면서, 막상 아쉬울 때는 그 사람을 찾는 내 얄팍함에 스스로 기가 차더라고요."

한번 입을 열기 시작하자 말과 감정이 넘치듯 흘러나왔다. 울고 싶은 건지, 웃고 싶은 건지, 소리치고 싶은 건지 자신도 알지 못한 채 유리는 이야기를 쏟아 냈다. 유카는 아무 말 없이 유리를 바라보고 있을 뿐이다.

"결국 이혼했고, 남편이랑 떨어져 살게 되었어요. 부모님께 돌아가면 이혼한 의미가 없으니까 엄마 아빠랑 아무런 연관도 없는 여기로 왔죠. 과연 혼자 잘할 수 있을까, 겁이 나기도 했는데 막상 부딪혀 보니까 혼자서도 할 만하더라고요. 부동산 계약도, 전기랑 가스 신청도 다 혼자서 해결했고 아직까진 아무 문제도 없어요! 푸딩 하나를 통째로 버리긴 했지만! 저도 혼자서 뭐든 할 수 있는, 스스로 판단할 수 있는 사람이더라고요. 저도 진짜 깜짝 놀랐다니까요. 이럴 거면서. 분명 할 수 있었는데 대체 왜 그렇게까지 부모한테 휘둘렸는지."

결국 참지 못하고, 눈물 한 방울을 떨구고 말았다.

하면 되는구나, 하고 자신의 힘을 실감할 때마다 혼자서는 아무 생각도 못 하던 과거의 자신이 한심했다.

"자기 생각대로 밀어붙이는 오빠를 보면서 왜 저렇게 제멋대로일까, 내심 비난하고 오해했어요. 내가 부족해서 부모한테 걱정을 끼치는 거니까 어쩔 수 없다고 생각했고요. 근데 사실은 그런 게 아니었어요. 그냥 스스로 자신의 힘을 포기해 버린 거죠."

킁킁, 코를 훌쩍였다. 귀 기울여 이야기를 듣던 유카가 "그랬구나"라며 고개를 끄덕인다.

"그런 각오로 여기에 왔군요."

"각오…라고 할 수 있을까. 그렇게 거창한 말을 써도 될지 모르겠지만. 네, 나름 용기를 냈어요."

"부모의 애정이란 건, 참 어려운 거 같아요."

유카가 복잡한 표정으로 웃는다.

"저희 부모님도 뭐 하러 시부모 병시중을 드냐며 당장 이혼하고 오라고 난리거든요. 제가 남편이랑 충분히 상의하고 내린 결정이고, 저는 다 받아들였는데 네가 뭘 몰라서 그러는 거라면서 자꾸만. 저도 다혈질이라 '나 무시하지 마!' 하고 확 지르고 왔지만요."

하하하, 웃은 유카는 "아무리 애정이라도 그런 식으로 몰아붙이면 힘들죠"라며 시원스럽게 말했다.

"부모들이 자식의 능력을 믿지 못하니까 그런 갈등이 생기는 거잖아요. 좀 믿어 주지."

"… 그러니까요. 제 말이 그거예요."

"뭐, 제대로 결과를 보여 줘서 이해시키는 수밖에 없겠죠. 언젠가 여기서 행복하게 사는 모습을 보여 줄 수밖에 없어요."

유카가 들고 있던 칵테일 캔을 건배하듯 들더니 꿀꺽 들이켰다. 푸하, 하고 숨을 뱉더니 웃음을 터뜨린다. 그 밝은 미소를 보고 있자니 유리도 덩달아 입꼬리가 올라갔다. 잠시 무언가를 생각하던 유리가 어린이 맥주가 담긴 잔을 들어 올린다. 그 모습을 본 유카가 캔을 짠, 하고 부딪혀 왔다.

"어쨌든 이제 여기서 사는 거니까, 우리 둘 다 힘내 봐요!"

"네… 힘내 봐요."

달콤한 무알코올 칵테일을 깨끗이 비운 유리가 긴 숨을 내뱉었다.

행복하게 사는 모습을 보여 줄 수밖에 없다.

유카가 한 말을 곱씹는다. 그래, 그게 유일한 방법일지도 몰라. 내가 할 수 있는 일은 당신들 없이도 잘살 수 있다고, 보란 듯이 부모님께 증명해 보이는 것뿐일지도.

아마 시간은 조금 걸릴 것이다. 가끔은 지금껏 쌓아 온 과거, 뜻대로 되지 않던 지난날이 나를 옥죄는 순간도 찾아오겠지. 그래도 살아가야 한다.

"어, 유리 씨. 한 잔 더 만들어 줘요?"

쓰기의 물음에 유리가 "정말요?" 하고 되묻는다. 생긋 웃어 보이길래 "그럼 한 잔 부탁드립니다" 하고 말했다.

히카루가 가지고 온 잔에는 파릇한 색이 선명한 민트 잎 몇 개가 떠 있었다. 테두리에는 동그란 모양의 라임 장식도 꽂혀 있다. 유카가 "이거 멋있는데요, 쓰기 씨?" 하고 말하자 쓰기가 "모히토예요. 물론 무알코올이고"라며 눈웃음을 지었다.

"맛있어요. 먹어 봐요."

"감사합니다."

한 모금 마시자 상쾌한 맛이 느껴진다. 목구멍까지 퍼지는 시원함이 조금 전까지 하지 못한 말들로 꽉 막혀 괴로웠던 속을 다정하게 어루만져 주는 듯한 기분이 들었다. 체증이 뻥 뚫리고, 청량감만이 남았다.

맛있다, 저도 모르게 중얼거렸다. 쓰기의 귀에 들릴 리 없는 작은 목소리였는데도, 쓰기는 "다행이네" 하고 웃었다.

"근데 유리 씨, 많은 곳 중에 모지항을 고른 이유가 있어요?"

유카가 문득 궁금해졌다는 듯 물었고, 유리는 "어쩌다 보니…"라고 답했다.

"아니, 사실은 첫사랑을 만났던 곳이 여기라서 그랬던 거 같아요."

"첫사랑이요?"

"초등학교 2학년 때 가족여행으로 모지항에 온 적이 있는데 문득 그때 만났던 남자아이가 생각났거든요."

아직 부모님을 순수하게 사랑했던, 하루하루가 행복하고 모든 게 자유롭던 시절의 이야기다. 그 아이도 여행을 온 모양이라 어디에 갈 때마다 우연히 마주치는 일이 몇 번이나 반복됐다. 심지어 호텔까지 같은 곳이었다.

"왠지 모르게 자꾸 신경이 쓰이더라고요. 그 아이도 그랬는지 대화 한마디 나눈 적 없는데도 서로 눈짓으로 아는 척을 하거나 웃긴 얼굴을 지어 보이면서 나름의 커뮤니케이션을 했어요."

"어머, 귀여운 추억이네. 좋았겠다."

"여행 마지막 일정으로 간류지마에 갔는데 거기서 또 만난 거예요. 저는 무사시와 고지로의 동상을 구경했고, 그 아이는 그림을 그리고 있었죠. 그러더니 저한테 그 그림을 줬어요."

그때, 유리는 울고 있었다. 섬에 들어올 때 탔던 배에서 멀미를 심하게 했기 때문이다. 아빠는 고작 이 정도 거리에 멀미했다고 인상을 찌푸렸고 엄마는 배에서 너무 심하게 놀아서 그런 거라며 잔소리만 했다. 유리도 모처럼의 여행을 망치고 싶진 않았지만, 뱃멀미가 좀처럼 가라앉지 않았다. 울음을 그치려 해도 눈물이 멋대로 흘러내려 어쩔 수가 없었다.

"괜찮아?"

유리에게 다가와 말을 건 사람은 여행 중에 여러 번 마주쳤던 그 남자아이였다. 장난스러운 태도가 아니었다. 걱정스러운 듯 눈썹을 모은 아이는 "이거 줄게"라며 메모지 조각 같은 걸 건넸다.

"어때 멋있지? 기운 내."

앞니가 빠진 얼굴로 싱긋 웃는다. 받아 든 종이에 그려진 그림은 형체를 알아보기가 어려웠다. 유리의 눈에는 춤추는 외계인처럼 보이기도 했다.

"이게 뭔데."

"무사시랑 고지로잖아."

남자아이는 보면 모르냐는 듯 자신만만하게 말했다. 유리는 조금 전에 봤던 동상과 종이 속 그림을 비교하며 "이게 그거라고?"라며 중얼거렸다.

"그렇다니까! 이렇게 멋있는 그림을 보면 힘이 나지 않겠어?"

아이가 너무 당연하다는 듯이 말해서 유리도 "알았어"라며 고개를 주억거릴 수밖에 없었다.

"이게 다예요. 별 얘긴 아니긴 한데 멋있는 걸 보면 힘이 난다고 특이하게 위로해 주는 남자아이는 처음이었으니까요."

여행이 끝나고 나서도 그 아이를 자주 생각했다. 슬픈 기분이 들 때는 그때 받은 그림을 들여다보곤 했다. 하찮고도 귀여운 첫사랑의 기억을 떠올리면 언제나 마음이 조금 가벼워졌다.

"와, 너무 예쁜 얘기잖아요! 좋다."

유카의 웃음에 유리가 쑥스러운 표정을 지었다. 벌써 30년도 더 전의 이야기다. 그 기억 때문에 이 동네를 떠올렸다는 게 왠지 좀 부끄럽기도 했지만, 그래도 유리에게는 소중한 추억이었다.

"무사시와 고지로?"

뭐에 놀랐는지 얼빠진 얼굴로 물은 사람은 다름 아닌 쓰기였다. 대화 내용이 다 들렸던 모양이다. 유리와 유카가 어리둥절한 표정을 짓자, 허공을 바라보던 쓰기가 "그거, 언제 있었던 일이죠? 쓰읍, 어쩌면…" 하고 중얼거렸다. 쓰기 옆에 있던 할아버지가 "쓰기, 무알코올로 마신 거 아니었어? 무알코올에 취하기라도 한 건가?"라며 쓰기의 얼굴을 살핀다.

"잠깐, 실례."

이렇게 말한 쓰기는 그대로 매장 쪽으로 달려갔다. 그러더니 금세 시바를 데리고 왔다. 영문을 모르고 따라온 듯한 시바에게 쓰기가 속닥속닥 귓속말했다. 고개를 갸우뚱거리던 시바가 "아, 그래. 그런 적 있었지. 근데?"라며 점점 더 모르겠다는 표정을 한다.

"유리 씨, 그 그림 어떻게 생겼어요?"

쓰기의 질문에 "네?" 하고 되물었다.

"아까 말했던 그 그림 말이에요. 잘 그렸어요? 아니면 엉망이었어요?"

"네? 음… 쓰기 씨 그림이랑 비슷했달까요. 무슨 외계인이 춤추는 것 같은 희한한 그림이었는데."

"그건 아니죠, 내가 훨씬 낫지!"

욱한 표정의 쓰기를 본 유리는 당황하고 말았다. 히카루가 "왜 갑자기 그림 실력을 따져요. 다른 얘기하던 거 아녜요?"라며 쓰기에게 한마디 던진다.

"아, 그냥 실물로 보여 주는 게 낫겠네요. 저 지금 가지고 있거든요."

곧바로 차로 가서 글로브 박스 커버에 붙어 있는 그림을 떼어 냈다. 쓰기와 사람들이 기다리고 있는 취식 코너로 가지고 간다.

"색이 많이 바래긴 했는데, 이 그림이에요."

학창 시절에는 수첩이나 파일 안에 넣어 다녔는데 면허를 따고 첫 차를 샀을 때부터는 늘 볼 수 있는 글로브 박스에 붙여 두었다. 유리에게는 부적 같은 그림이었기 때문이다.

"어! 이거 내가 그린 건데!"

시바가 목소리를 높였다.

"확실해! 내가 나눠 줬던 그림이야."

"…네?"

유리는 귀를 의심했다. 그러나 시바는 신이 나서 "처음으로 간류지마에 갔을 때 그림 신이 강림해서 솜씨가 대단했거든. 아마도 무사시나 고지로 중 누군가의 혼이 내 몸에 들어와 대신 그려 준 거 아닐까 싶어"라고 말을 이었다.

"…네에?"

이번에 소리를 낸 사람은 그림을 살펴보던 유카였다. 그 목소리에 "이 그림이? 진심으로 하는 말이에요?"라는 속마음이 담겨 있음을 유리는 느낄 수 있었다. 그러나 시바는 전혀 괘념치 않았다.

"분명 이 그림에는 신비한 힘이 담겨 있을 것 같았거든요. 자, 여기 봐요. '밋츠'라고 작게 사인도 해 놨잖아요."

"응? 이게요? 외계인의 꼬리가 아니라?"

유카의 반응에 시바가 "대체 어딜 봐서 외계인이죠?"라며 웃는다.

"안 그래도 그때 그린 그림 참 훌륭했지, 하면서 가끔 추억

하곤 했는데. 아니, 잠깐만. 그럼, 고객님이 그때 그 아이였어요? 세상에, 어떻게 이런 운명적인 만남이 다 있죠!"

유리와 어릴 적 자신이 그린 그림을 번갈아 바라보던 시바가 진심으로 기쁘다는 듯 웃었다.

"그… 그럼, 그때 그 남자아이가?"

유리의 가슴이 울렁거렸다. 운명이라면 굉장한 운명이었다. 지금도 생생히 기억하는 그날의 추억에 이끌리듯 이곳에 온 것 또한 부정할 수 없는 사실이다. 하지만 아무리 그래도 이건 좀 아니지 않나.

신이시여, 이런 전개는 너무 갑작스럽지 않나요. 하나도 안 기쁘다고요. 심장아, 넌 또 왜 눈치 없이 쿵쿵 뛰는 건데. 이 사람, 솔직히 내가 좋아하는 스타일도 아니잖아. 이럴 줄 알았으면 추억 속 첫사랑인 그 애의 모습 그대로 남겨 둘걸.

당황한 유리의 옆에서 시바는 "마흔여덟 번째였나?"라며 그림을 뚫어지게 바라봤다.

"어? 그게 무슨 소리야, 밋짱."

"그때 흥이 올라서 한 60장쯤 그렸거든요. 돌아다니면서 기분이 안 좋거나 힘이 없어 보이는 사람들한테 막 나눠 줬어요. 어린 날의 혈기랄까."

시바가 머쓱한 웃음을 지었다.

"그땐 진짜 무슨 신비한 힘이 깃들어 있는 것 같았다니까요. 근데 진짜 무슨 힘이 있긴 했나 봐요. 이렇게 다시 만난 걸 보면."

그렇죠? 부드러운 미소를 띠며 시바가 물었다. 그런 시바에게서 쓰기에게로 시선을 돌리자 쓰기가 아이코, 싶었는지 당황한 얼굴을 한다.

"아니, 난 뭔가 더 아름다운 이야기로 이어질 줄 알았지. 미안합니다."

어쩔 줄 모르는 표정으로 손으로 엑스자를 만들어 다급히 대화를 종결시키는 쓰기의 모습에 유리는 잠시 말을 잃었으나 이내 픕, 하고 웃고 말았다.

"아름다운 이야기가 아니라도 좋아요! 소중한 추억에 번호표가 달려 있을 줄은 꿈에도 몰랐지만, 어쨌든 결과적으로는 만족해요!"

첫사랑의 추억이 깨져 살짝 아쉽기는 했지만, 어차피 이렇게 된 거, 재미있으니 됐다.

유리가 소리 내어 웃자, 유카가 "뭐야, 설레는 얘기 좀 듣나 했더니 눈 깜짝할 사이에 끝나 버렸잖아요"라며 따라 웃었.

유리는 참으로 오랜만에 자신의 웃음소리를 들었다. 나 이렇게 웃는구나, 하고 새삼스레 놀랄 정도였다. 앞으로도 수많은 고민거리가 있을 테고, 부모님과의 문제도 해결해야 하고, 앞길에 여러 난관이 펼쳐져 있을지 모르지만. 그래도 내

웃음소리를 들을 수 있다면 왠지 괜찮을 것 같다는 생각이 들었다. 이렇게 웃을 수만 있다면 나, 괜찮을지도 몰라.

쓰기도 웃고, 그 옆의 시바도 웃는다. 그들의 모습에 취식 코너 안에 있던 사람들도 모두 따라 웃었다.

아무런 근거도 없지만, 내일도 분명 괜찮을 거야.

유리는 그렇게 믿는다.

나는 꼭 이 마을에서 즐겁게 살아갈 거라고.

2

히어로를
꿈꿨던 남자

사람들을 열광시키는 히어로가 되고 싶었는데. 아키요시 마이토는 생각했다.

히어로물에 푹 빠져 지낸 어린 시절부터 언젠간 내가 히어로가 되어 힘들어하는 많은 이들을 돕고 악을 물리쳐, 아이들의 존경과 동경을 한 몸에 받는 존재가 되리라 마음먹었다.

히어로가 된다는 건 진작부터 정해진 일이었으나 과정이 문제였다. 인조인간으로 개조해 줄 박사를 찾아야 하나, 특수 능력을 가진 히어로를 만들 꿈에 부풀어 있는 외계인과 마주쳐야 하나. 고대 유적의 마법진이라도 밟아야 할까, 아니면 알록달록한 말하는 괴수를 도와줘야 할까. 만약 절체절명의 위기에 빠졌을 때 알 수 없는 힘이 발현되면 기꺼이 받아들이자. 언제 어떤 일을 당하더라도 물러서지 않겠다. 기회여, 내게 오라!

그러나 히어로로 다시 태어날 특별한 기회는 오지 않았다.

스물네 살이 된 지금까지 마이토는 박사를 만나지도, 기인과 조우하지도 못했다.

특별한 존재가 되긴커녕, 나이가 들수록 자신의 무능함과 평범함을 실감할 뿐이었다. 정의로운 일도 해 보고 용기 있는 행동도 해 보았지만, 아무것도 바뀌지 않았다. 어떤 성취감도 느끼지 못했고, 결국 이 모든 건 자기만족에 지나지 않는다는 생각에 망연자실하기도 했다. 그래, 나는 히어로가 될 수 있는 재목이 아니야.

하긴, 당연한 일이지. 난 그저 평범한 인간일 뿐이니까. 이제 막 사회에 나온, 아직 미성숙한 나이만 '어른.' 사람들을 돕고 싶은 마음에 작업 치료사(신체적, 정신적 장애가 있는 이들이 독립적으로 일상생활을 수행하고 사회에 참여할 수 있도록 치료, 교육하는 전문가—옮긴이 주)가 되긴 했으나 아직 부족한 점투성이라 혼나는 일이 많다. 극적으로 효과가 있는 치료법을 아는 것도 아니고 마법처럼 그들을 건강하게 만들어 줄 수도 없다. 히어로가 될 가능성 따위 없다는 걸 자신도 알고 있다.

일요일. 언제나처럼 가쓰야마 공원을 달린 마이토는 숨을 고르며 하늘을 올려다보았다.

하늘색 물감을 풀어 놓은 듯한 은은한 푸른색 바탕 위로 비늘구름이 떠 있었다. 청량한 바람이 살랑 불어와 뺨을 쓰다듬는 순간, 마이토는 완연한 가을이 왔음을 깨달았다.

오구라성 쪽으로 시선을 돌린다. 아직 단풍이 들 시기는 아닌가.

달리기를 마친 후 가볍게 스트레칭을 하는데 40대 정도 되어 보이는 남성이 마이토를 가뿐하게 제치고 갔다. 주말이면 어김없이 마주치는 이키 씨다. 기타큐슈 시청에 근무하는 이키 씨와는 이곳에서 달리다 친해졌다.

"수고하십니다!"

등에 대고 인사하자 이키는 시선을 돌리지 않고 손만 가볍게 흔든 후 멀어졌다.

후우, 호흡을 가다듬고 몸을 푼다. 적당히 땀에 젖어 있던 몸이 서서히 원래대로 돌아온다.

히어로가 되겠다는 꿈은 이미 포기했다. 포기했다고 생각한다. 하지만 언제든 히어로가 될 수 있도록 어린 시절부터 꾸준히 해 온, 근력과 체력을 기르기 위한 달리기만큼은 그만두지 않았다.

건강에 좋은 습관이라는 핑계를 대고 있지만 사실 거짓말이다. 마음 깊은 곳에 남은 꿈의 잔해들이 여전히 꿈틀대고 있다는 걸 자기 자신도 알고 있었다.

"미련이 많은 건지, 물러설 때를 모르는 건지…."

중얼거리며 쓴웃음을 짓는다.

히어로는 술을 마시면 안 된다는 신념 아래 지금껏 술이라

곧 한 방울도 입에 대지 않았다. 상징적인 대사와 상징색도 다 정해 두었고(참고로, 검정이다), 결정적 순간 취할 포즈도 다섯 가지 정도 구상해 두었다. 당장이라도 기회만 있으면 곧바로 변신할 준비가 되어 있다.

그러나 현실 세상에서 히어로가 되는 기적은 일어나지 않는다. 어차피 마이토가 동경했던 히어로들은 모두 TV에서 만들어 낸 허구의 존재들이었으니까.

마이토가 처음으로 그 사실을 알게 된 건 중학교 2학년 가을이었다.

수업 시간에 '인간에게 꿈은 꼭 필요한가'라는 주제로 토론을 했다. 마이토는 '히어로가 되겠다는 꿈이 있어 하루하루가 즐겁다'라고 발표했다. 히어로가 되기 위해 얼마나 열심히 노력하고 있는지 자신만만하게 이야기했는데 친구들이 폭소를 터뜨렸다.

"뭐야? 너 진심으로 히어로가 될 생각인 거야?"

"당연히 장난이지. 아키요시, 발표 좀 진지하게 해라."

"아, 알겠다! 슈트 액터(특수 촬영물, 애니메이션 등의 TV 방송이나 캐릭터 쇼에서 변신한 히어로나 괴인들의 옷을 입고 연기하는 전문 스턴트 배우—옮긴이 주)가 되고 싶다는 뜻이지? 그것도 전문학교 같은 게 있다던데?"

다들 멋대로 떠드는 상황 속에서 마이토는 '슈트 액터가 뭐지?'라며 당황하고 있었다. 처음 들어 보는 말이었기 때문이다. 반에서 공부도 제일 잘하고 인성도 좋은 옆자리의 다나카에게 무슨 뜻인지 물어봤더니 "말 그대로야. 히어로 의상을 입고 액션을 연기하는 배우"라고 답했다.

"일반 배우들은 백 텀블링이나 높은 데서 뛰어내리는 연기 같은 걸 하기가 어렵잖아. 그러니까 대역이 필요한 거지. 그런 옷을 입으면 어차피 얼굴도 안 보이잖아? 체형은 어느 정도 비슷해야겠지만."

하늘이 무너지는 듯한 기분이었다. 의상을… 입는다고? 히어로 슈트는 변신할 때 장착되는 거 아니었어?

"자, 잠깐만…. 그 의상 속에 다른 사람이 들어가 있다는 거야? 변신 후의 '시노비 레드'가 '이가 다이가'가 아니라고?"

떨리는 목소리로 묻자, 다나카가 풉, 하고 웃음을 터뜨렸다.

"당연한 거 아니야? 아키요시, 너 은근히 재밌구나."

후후후후, 어깨를 들썩이며 웃는 다나카를 보며 마이토는 절망에 빠졌다. 처음으로 알게 된 세상의 비밀은 너무도 잔혹했다. 5초 뒤에 지구가 멸망한다 해도 이 정도로 충격적이진 않을 거야….

그날 어떻게 수업을 마치고 집에 돌아왔는지 기억조차 나지 않는다. 집에 돌아가 "왜 지금까지 말 안 해 줬어!"라며 부모님을 붙잡고 엉엉 울었던 것만 기억난다. 엄마는 난처한 표정을 지었고 아빠는 "아이의 꿈을 부모가 짓밟을 수는 없잖아"라고 답할 뿐이다.

"슈트 액터라는 직업을 알게 돼서 그쪽으로 꿈을 바꾸면 좋겠다는 마음이야 있었지. 그렇지만 마이토 네가 진짜 히어로가 되고 싶다는데 우리가 뭘 어쩌겠어. 아빠는 언젠가 네가 현실을 깨달았을 때, 그때 가서 타협점을 찾을 문제라고 생각했어."

당시에는 납득했지만, 시간이 지나 차분히 되짚어 볼수록 그저 부모님의 편의를 위해 문제를 뒤로 미뤄 둔 것뿐이라는 생각이 들었다. 꿈을 향해 달리는 아들에게 진실을 알려 줄 용기가 없었을 뿐이다. 부모님께 그렇게 말하자 엄마는 순순히 인정했다.

"마이토의 꿈을 이용하고 있다는 생각은 나도 했었어. 히어로는 편식 안 해, 히어로는 심부름을 잘해. '히어로는'이라는 말만 붙이면 네가 의욕을 보이니까 그런 얘길 자주 했지. 어차피 머지않아 다 알게 될 테니 그때까지만 쓸 수 있는 비장의 카드라고 생각했는데, 아무리 시간이 흘러도 네가 모르는 것 같길래… 내심 마음에 걸렸어."

"비장의 카드라니… 어떻게 그렇게 말할 수가 있어?"

엄마는 미안한 표정으로 머리 숙여 사과했으나 아빠는 "또 모르잖아? 나중에 누가 히어로로 변신할 수 있는 특수 의상을 발명해 줄지도"라며 별거 아니라는 듯 말했다.

"그럼 기타큐슈의 히어로 군단 '고쿠라 레인저' 같은 게 탄생할 수도 있잖아. 그땐 아빠가 사령관을 맡아 주지."

태평하게 장난으로 웃어넘기는 아빠의 모습에 화가 부글부글 끓어올랐다. 그날을 계기로, 이후 몇 년 동안 계속되는 거친 반항기의 막이 올랐으나, 그건 또 별개의 이야기다.

마이토가 차고 있는 스마트 워치가 부르르 떨렸다. 다음 일정을 위해 맞춰 놓은 알람이 울리는 줄 알았는데 확인해 보니 전화였다. 발신자는 다음 일정인 데이트의 상대, 3개월 전부터 교제 중인 가사이 나미였다. 가방 속에서 핸드폰을 찾아 얼른 통화 버튼을 눌렀다.

"여보세요? 약속 시간 아직 안 됐는데 왜?"

"있지, 우리 헤어지자."

평소에는 마치 정수리에서 소리를 내는 것처럼 밝고 높은 톤으로 여유 있게 말하는 가사이의 목소리가 잘못 들은 건가 싶을 정도로 낮았다. 놀라서 핸드폰 화면에 뜬 발신자 이름을 다시 확인할 정도였다. 가사이 나미, 여자 친구가 맞다.

"나미? 갑자기 무슨 말이야?"

"헤어지자고. 더는 못 하겠어."

"헤어지자니. 뭘 더 못 하겠다는 건데."

"네가 날 사랑한다는 느낌이 하나도 안 들어."

흐윽, 나미가 터져 나오는 울음을 참는 듯한 소리를 흘렸다.

"어떤 면에서?"

마이토는 이해가 되지 않았다. 어젯밤에 통화할 때만 해도 아무런 조짐이 없었다. 나미가 친구 문제로 고민을 털어놓길래 나름 고심해서 답해 줬다. 통화를 끝낼 때도 분명 "마이토는 정말 다정하네"라고 말하지 않았는가. 진심 어린 말투 같았는데.

"뭐? 뭘 잘못했는지 진짜 몰라? 어제 계속 마키 편만 들었잖아."

"편을 들다니…. 그런 뜻은 없었는데."

어제 나미는 마키가 자기 몰래 다른 친구랑 놀고 왔다며 화를 냈다. 나미가 그 친구를 안 좋아해서 마키가 말하지 않은 거라고 했다. 나미는 그 일을 두고 '나를 완전히 배신했다'고 표현했다.

나미가 좋아하는 친구도 아닌데 억지로 어울리게 할 필요는 없다는 생각에 마키 혼자 그 친구를 만난 것이 아닐까, 하고 마이토는 예상했다. 만약 마키와 그 친구가 친한 사이라면 차라리 나미 모르게 만나는 게 낫지 않나. 일부러 나미한테 그 사실을 떠벌린 것도 아니고 우연히 밝혀진 것뿐인데 뭐라고 해 봤자 무슨 소용인가. 솔직한 생각을 나미에게 전했다. 분명 어젯밤에는 동의하는 것 같았는데….

"어제도 말했잖아. 아마 마키는 널 배려해서 그런 걸 거라고."

"어젯밤부터 곰곰이 생각해 봤는데 역시 그건 아니야. 만약에 마키가 정말로 날 배려했다면 애초에 내가 싫어하는 애랑 숨어서 만나질 않았겠지."

"숨어서 만나다니, 굳이 그렇게 부정적으로 생각할 거 뭐 있어. 마키가 널 위해서 그런 거라고 좋게 생각하면 되잖아."

"이거 봐. 지금도 마키 편만 들잖아. 나 없는 데서 내 흉을 볼지도 몰라. 아니, 분명히 하고 있겠지. 근데 내가 어떻게 상처를 안 받아! 어떻게 내 기분을 하나도 이해를 못 해?"

아무래도 달리기를 끝내고 길가에 서서 할 이야기는 아닌 것 같다. "일단 만나서 얘기하자." 마이토가 말했다.

"통화로는 충분히 전달이 안 되잖아."

"아니, 필요 없어. 나 말고 다른 사람 편만 드는 마이토한테 나도 더 이상 관심 없어."

마이토가 헉, 하고 숨을 삼켰다. 이건 너무 비약이 심하지 않나.

나미가 원하던 답이 아니었다는 건 알겠는데, 아무리 그래도 이런 일로 헤어진다고? 맹세컨대, 알지도 못하는 마키라는 여자의 편을 들어 줄 생각은 추호도 없었다.

그리고 솔직히 말하면 지금도 나미의 판단이 잘못됐다고

생각한다. 마키랑 그 이름 모를 친구가 험담했을 거라고 혼자 단정 짓고 화를 낼 바에야 차라리 두 사람한테 확인해 보는 게 낫다고 생각한다. 직접 대화해 보면 그들에게 다른 의도가 있는지 알 수 있지 않은가.

"일단 마키를 만나서 얘기라도 해 보지 그래. 나한테 툴툴거리고 화내 봤자 아무것도 달라지지 않잖아. 그런 문제를 가지고 사랑이 느껴지지 않는다, 너무 차갑다고 말하는 건 좀 극단적인 것 같은데. 우선 냉정을 좀 찾아 봐."

"그러니까, 이런 게 짜증 난다고!"

휴대폰 너머로 나미가 소리를 빽 질렀다.

"공감이라는 걸 알긴 해? 알 리가 없지. 이제 확실해졌어. 난 있지, 공감해 주고 같이 화내고 울어 주는 그런 사람이 좋아. 너처럼 잘난 척 맞는 말만 늘어놓으면서 남의 일처럼 구는 사람 딱 질색이라고. 하아, 이런 남자인 줄 몰랐다 진짜. 다 시간 낭비였어. 됐으니까 그만하자. 수고 많았고 잘 지내."

깜짝 놀랄 정도의 속도로 와다다 쏟아 내는 말에 아무 반응도 못 하는 사이 전화가 끊겼다. 고막이 윙윙댄다. 뭐지? 내가 알던 차분하고 귀여운 나미는 대체 어디로 사라진 거야.

넋이 나간 채로 천천히 상황을 파악한다. 정리하자면 아무래도 나는 나미가 '공감'이라고 표현하는, 그걸 못해서 차인 모양이다.

"대체 뭘 어떻게 했어야 하는 건데…."

너무하네, 너한테 어떻게 그래? 상처받았겠다. 이런 듣기 좋은 말들만 늘어놓았어야 했나? 남의 상처를 바라보며 안쓰럽게 눈썹을 찌푸리는 것 같은 형식적인 태도로? 그런 게 무슨 의미가 있는데.

조바심이 뒤섞인 분노가 팽팽하게 부풀어 올랐다가 풍선의 공기가 빠지듯 스르르 쪼그라든다. 나미와 다시 화해하는 일은 없을 것 같다. 물론, 앞으로 나미가 원하는 대답을 해 주는 남자가 되면 가능성은 있을지 모른다. 하지만 스스로 말이 안 된다고 생각하면서 그렇게 답하는 건 나를 괴롭게 만들 뿐이다.

어차피 사귀던 여자 친구에게 "이런 남자인 줄 몰랐어"라는 말을 듣는 일은 이제 익숙하다. 무려 지금껏 여자 친구와 헤어진 이유, 1위에 빛나는 내용이니 말이다.

과거의 연애들을 떠올리자, 마음이 무거워졌다.

삶의 이유였던 '히어로'로 가는 길에서 커다란 벽을 마주한 마이토는 가족들에게 좀 비뚤게 굴기는 했어도 나름 곧게 성장했다. 부모님에게 주입된 '히어로는 이렇게 행동해야지'의 덕목들이 자연스럽게 새겨져 스스로 아무리 지워 버리려 해도 지워지지 않았고, 억지로 의식하지 않아도 '히어로'에 걸맞은 행동이 몸에 배어 어긋난 길로 빠질 수도 없었다. 성실하게 공부하고 체력을 단련해 곤경에 처한 사람을 발견하면 손을 내밀곤 했다.

그 결과, 동네 어르신들에게 '마이토짱'이라는 애칭으로 불리며 귀여움을 받았다. 밸런타인데이에는 초콜릿이 말 그대로 산더미처럼 쌓였다.

친구들에게도 인기가 많았다. 마이토는 키도 큰 편이었고 매일 빼먹지 않고 근력 운동을 한 덕에 근육질의 몸을 가지고 있었지만, 겉으로 티가 날 정도는 아니었다. 얼굴은 지극히 평범했고 엄마를 닮아 까맣고 큰 동공을 가진 커다란 눈이 살짝 돋보이는 정도다. 잘생기지도 못생기지도 않았다.

그런데도 인기는 많았다. "야마토 군의 다정함이 좋아"라며 고백한 여자들의 수를 세려면 열 손가락이 부족했다. 하지만 막상 연애를 시작하면 늘 차이고 말았다. 길 가는 사람, 같은 반의 남자 친구들, 심지어는 여자 친구의 라이벌인 다른 여자에게도 평등한 다정함이 여자 친구가 된 사람에게는 상처가 되는 듯했다. 하지만 마이토는 사람을 가려 가며 대하는 방법을 모른다. 여자 친구가 '적어도 걔보단 날 우선해 줘'라고 울면서 요청해도 난처할 뿐이었다.

그럴 때마다 "이런 남자인 줄 몰랐어"라며 이별을 통보받았다.

참고로 헤어진 이유 순위 2위는 '히어로 오타쿠라는 점이 소름 돋는다'였다.

 TV에서 만들어 낸 이야기일 뿐이라는 걸 알면서도 히어로 군단 시리즈의 매력을 거부할 순 없었다. 일요일이 되면 꼬박꼬박 TV 앞에 무릎을 꿇고 꼿꼿하게 앉아 클라이맥스의 대사와 포즈를 연습하고 만다. 어떤 날에는 극 전개 내용에 울기도 하고 화를 내기도 하면서 틈만 나면 자기도 모르게 그 이야기를 떠들어 댄다.

 아무리 그래도, 허무하네.

 포기하려 했지만 포기하지 못했다. 꼴사나울 정도로 그들을 동경하며 열정을 불태운들 히어로가 될 수도 없는데. 사랑스러운 히로인을 만났다 싶으면 금세 사라져 버린다. 나름대로는 최선을 다해 성의를 보인 것 같은데 왜 아무것도 얻지 못할까. 나한테 문제가 있는 건가.

 멍하니 멈춰 서 있는데, 그새 한 바퀴를 돌고 온 이키가 "마이토, 왜 그러고 있어?"라며 의아한 목소리로 물었다.

 "어디 안 좋아? 괜찮은 거야?"

 "아… 아뇨. 다음 일정이 취소돼서 그냥 더 달리다 갈까 싶어서요."

 애매한 미소를 짓자, 이키는 "그래? 그럼 같이 달릴까?"라며 앞쪽을 가리켰다. 장난스럽게 웃는 이키의 얼굴이 평소보다 더 다정하게 느껴졌다. 마이토는 "가시죠!"라고 일부러 밝게 대답한 뒤 달리기 시작했다.

오늘은 죽을 만큼 뛰어서 괜한 생각에 빠질 틈을 만들지 말아야겠다.

작게 다짐하며 전력으로 질주한다. "마이토, 기다려. 너무 빠르다고!" 이키가 칭얼대듯 소리쳤다.

○

나미와 헤어지고 일주일 후.

마이토에게 인형 탈 아르바이트를 해 보지 않겠냐고 제안한 사람은 고등학교 시절 친구 다카기였다. '오랜만에 좀 볼까?'라고 메시지를 보내왔다. 한가했기 때문에 다카기가 사는 모지항까지 차를 끌고 갔다.

다카기가 혼자 사는 아파트에서 도보로 5분 거리인 약속 장소, 조이풀에 들어서자, 창가에 다카기가 앉아 있었다. 고양이 패턴의 하와이안 셔츠를 입은 통통한 체격의 다카기는 테이블 한쪽에 지금의 계절과는 살짝 맞지 않는 밀짚모자를 올려놓고 있었다.

고등학교 때는 지금보다 말랐었는데, 헉 소리가 날 정도로 이목구비가 단정한 남자였다. 그러나 자기 외모가 어떻게 보이든 전혀 개의치 않는 스타일이라, 지금은 덩치가 두 배 정도 커졌다. 지난번, 외모와 상관없이 건강 관리에는 신경 써야 한다고 말했더니 "안타깝게도 몸이 이렇게 된 이후에 오히려 건강이 좋아져서 말이야"라며 의기양양하게 답했다. 말랐을 때는 바람 불면 날아갈 것 같은 모습이었기 때문에 더 이상 아무 말도 할 수 없었다. 건강하다면 그걸로 됐다.

"이야, 마이토 씨, 잘 지내셨나?"

장난스럽게 인사한 다카기는 이미 치즈가 듬뿍 올라간 햄버그스테이크를 먹고 있었다. 마이토가 그 모습이 뚫어져라 바라보니 "아, 이건 에피타이저. 제대로 된 메인 요리는 우리 마이토 씨랑 같이 먹을 테니까 걱정 붙들어 매"라며 천진하게 웃는다.

"그것보다 모처럼 쉬는 날인데 불러내서 미안."

"아니, 괜찮아. 어차피 여자 친구랑 헤어져서 할 일도 없었는데 뭐."

맞은편 자리에 앉으며 답했다. 헤어졌다는 말을 입 밖으로 내뱉으면서도 마음은 전혀 아프지 않았다.

마이토도 사람인지라 헤어진 당일에는 홧김에 무리해서 운동을 하기도 했지만, 다음 날에는 뭐 어쩔 수 없지, 라는 생각으로 마음을 접었다. 나미가 나의 히로인이 아니었다는 사실이 씁쓸하기는 했지만, 그렇다고 앞으로 다른 사람을 만날 기회가 전혀 없는 건 아닐 테니까. 분명 어딘가에 나를 이해해 주는 사람이 있을 거라 믿고 싶다.

"헤어졌어? 아니 근데 언제부터 여자 친구가 있었지?"

"3개월 전쯤부터 사귀었는데 지난주에 차였어. 원인은 여느 때와 같은, 1위의 그거."

마이토와 고등학교 1학년 때부터 친구인 다카기는 금방 알아챈 것 같았다.

"아, 1위의 그거…" 하고 고개를 끄덕인다.

"그래도 난 마이토 씨의 그 평등함이 최대의 미덕이라고 생각해. 그걸 이해해 주지 않는 여자랑 오래 만날 필요는 없지."

"고마워. 그렇게 말하니까 기분 좋네."

"그래도 2위의 이유가 아니라 다행이다."

흐음, 다카기가 거친 콧바람을 내쉬었다.

"나는 마이토 씨의 히어로 사랑이 오히려 존경스러운데 말이야. 네 덕분에 얼마나 많은 사람이 도움을 받았는데."

"과장하기는. 그나저나, 건강해 보인다, 다카기."

"나야 뭐, 인생에서 가장 반짝반짝 빛나는 시기를 보내고 있으니까."

"반짝반짝 빛난다는 거, 그 얘기지? 고양이 론론."

다카기는 2년 전부터 유기묘를 데려와 기르고 있다. 길고양이였다는 사실을 믿을 수 없을 정도로 아름다운 장모 고양이인데 정식 이름은 '마담 카메론.' 론론은 애칭이다. 다카기는 론론을 그보다 더할 수 없이 사랑해 자신을 론론의 머슴이라고 표현할 정도다. 핸드폰의 배경 화면, SNS 프로필 사진 모두 론론이다.

"론론은 말할 것도 없지만 사실 나한테 '최애'라는 게 생겨서 말이야."

후후후, 다카기가 웃는다. 지금껏 본 적 없는 윤기가 얼굴에 좌르르 흘렀다.

"최애? 아이돌이나 가수 중에 좋아하는 사람이 생겼어?"

다카기는 자신의 외형에는 전혀 관심이 없지만 다른 사람의 아름다움만큼은 확실히 인정했다. 모델의 훌륭한 외모에는 솔직하게 감탄하고, 조각 같은 근육을 가진 스포츠 선수에게 매료되기도 한다. 마이토의 근육을 보고 진지한 얼굴로 훌륭하다고 칭찬하기도 했다. 그렇지만 지금껏 특정 인물에게 빠진 적은 없었는데. 흔치 않은 일이네.

"그게 말이지 연예인이 아니야. 그냥 일반 여성이거든."

쑥스럽다는 듯이 머리를 긁적이는 다카기에게 "설마 여자 친구 얘기야?" 하고 물었다. 여자 친구를 최애라고 표현하는 게 좀 엉뚱하긴 하지만 다카기라면 그럴 수 있을 것도 같았다.

"잘됐네. 좋은 소식이야."

"설마! 난 그냥 멀리서 바라보는 걸로 충분해!"

다카기가 눈을 동그랗게 뜨며 말했다.

"나 같은 애랑 사귀다니 그런 신성 모독 같은 짓을, 상상만으로도 불경하다고. 그런 일은 있을 수 없어. 난 그저 지켜보고 싶을 뿐이야. 그냥 그 애의 삶을 방해하는 장애물들을 내가 다 치워 주고 싶어. 누가 그 애에게 악의를 품으면 내가 온몸으로 막아 주고 싶고, 그 애가 자신에게 어울리는 멋진 파트너와 미래를 약속하면 내가 정성을 다해 기른 장미꽃으로 꽃비를 맞게 하고 싶어⋯."

다카기가 황홀한 표정으로 말했다.

"아니, 너 장미를 키워 본 적도 없잖아."

"아, 분위기 깨지 마. 마음가짐이 그렇다는 거지. 그리고 진짜로 그날을 위해 장미 재배를 배워 볼 생각도 있어. 화훼 농장에서 아르바이트해 볼까 싶기도 하고."

"전교 1등이었던 네가 그렇게 말하니까 농담으로 들리질 않네. 새로운 장미 품종이라도 만들어 낼 거 같아."

어깨를 으쓱인 마이토가 눈으로 메뉴를 훑었다. 상처는 진작에 아문 것 같은데 일주일 동안 식욕이 별로 없었다. 다카기랑 이야기를 나누다 보니 갑자기 허기가 느껴졌다.

밥과 국이 포함된 이탈리안 치킨 스테이크 세트를 주문하자 그사이 햄버그스테이크를 다 먹은 다카기가 "저도 같은 걸로 주세요. 밥은 곱빼기로요" 하고 덧붙였다. 마이토는 점원이 테이블을 정리하는 걸 기다렸다가 "그래서? 인형 탈 아르바이트 얘긴 뭐야?" 하고 물었다.

"우리 회사는 부업 가능이라 일일 알바는 문제없긴 한데. 굳이 왜 나한테? 체력이 강해야 하는 일인가?"

"아니 그게, 최애가 걱정하길래."

냅킨으로 입가에 묻은 소스를 닦으며 다카기가 답했다.

"최애? 최애랑 이게 무슨 관계인데?"

"설명하자면 좀 복잡한데. 정확히 말하면 최애의 오빠가 곤란한 상황이야. 최애의 오빠가 내가 일하는 가게 점장님이거든."

"네가 일하는 가게면, 아라시?"

다카기는 우리 학년에서 가장 머리가 좋았는데 고등학교를 졸업한 후 직장에 들어가지 않고 자칭 '세상을 누비는 프리터'를 표방하며 아르바이트만 하고 있다. '아라시'라는 게임 센터에서 일했던 것이 생각나 물어보자 "아라시 말고 텐더니스"라는 답이 돌아왔다.

"아아, 편의점. 그래서?"

"최근에 텐더니스에서 만든 자체 캐릭터가 나왔단 얘긴 들었어? 이런 캐릭터인데."

다카기가 앞에 놓아두었던 핸드폰을 몇 번 두드리더니 화면을 내밀었다. 슬쩍 보니 텐더니스 유니폼을 입은 핑크색 알파카가 우뚝 서 있는 일러스트였다.

"오, 꽤 귀여운데? 근데 얘긴 못 들었어. 이런 캐릭터가 있어?"

"뭐, 넌 어지간해선 편의점을 안 가니까. 얼마 전에 누구나 참여할 수 있는 공모전을 열어서 캐릭터를 선정했거든. 참고로 이름은 알파커선군이고, 이걸 만든 사람은 Q-wick이라는 팀의 사이바라 아루라는 멤버야. 들어 봤어?"

"큐… 아, 그 규슈의 남자 아이돌 그룹 말인가?"

마이토는 아이돌을 잘 모른다. 하지만 규슈를 거점으로 활동하는 아이돌 그룹의 이름이 그런 느낌이었다는 건 기억난다.

"사이바라 어쩌구 하는 그 사람 얼굴까지는 모르지만. 근데 누구나 참여 가능하다고 해놓고 연예인이 만든 걸 뽑다니, 너무 짜고 치는 거 아냐?"

그렇게 하면 홍보는 확실히 되겠네, 라는 생각이 들었다. 동시에 '재능이 많은 사람이구나'라고 순수하게 감탄하지 못한 스스로가 살짝 실망스러웠다. 예전 같았으면 분명히 있는 그대로 받아들이고 놀라워했을 텐데. 나도 참 세상의 때가 많이 묻었구나.

그러나 다카기는 "아니, 그런 건 절대로 아니야"라며 딱 잘라 부정했다.

"텐더니스의 호리노우치 회장은 그런 비리라면 질색하는

정의로운 사람이거든. 그런 짓은 절대 안 해. 사원들이 모여서 응모작을 꼼꼼하게 살펴보고 내린 결정이래. 엄청 힘들었다더라고."

"오오, 바람직하네."

다시 알파커션군을 본다. 정정당당하게 심사를 통과한 캐릭터라고 생각하자 좋은 점이 더 많이 보였다.

"나도 텐더니스 유니폼은 알아. 캐릭터가 입고 있는 이 옷 유니폼 맞지? 괜찮네. 홍보 효과도 있고 호감도도 올라가고."

"맞아. 핑크가 텐더니스의 브랜드 색상이거든. 장점을 바로 알아봐 주는구나."

마치 자기가 칭찬을 들은 것처럼 다카기가 흡족한 표정을 지었다.

"모처럼 이런 캐릭터도 탄생했겠다, 대대적으로 모든 지점이 참여하는 행사를 진행 중인데. 사이바라 씨랑 기타큐슈시의 전폭적인 지원 속에 얼마 뒤에 모지항에서 알파커션군을 공개하는 이벤트를 열게 됐어."

제법 흥미로운 이야기였다. 마이토가 몸을 내밀어 관심을 보였다.

"아이디어 괜찮은데? 근데 왜 모지항이야? 사람들의 관심이 더 많이 쏠리는 큰 지역들도 많이 있잖아. 고쿠라나 하카타 같은."

"사이바라 씨가 모지항에서 하는 걸 조건으로 걸었거든."

"그래? 왜? 모지항 출신인가 보지?"

"아니, 사이바라 씨는 와카마쓰 출신이래. 그런 게 아니라 그 사람이 모지항을 무지하게 좋아하거든."

후후, 다카기가 웃으며 말했다. 마이토는 그 부드러운 미소에서 다카기가 사이바라라는 아이돌을 호의적으로 보고 있음을 알 수 있었다.

"알다시피 인기 아이돌인데 잘난 척하거나 거만 떠는 일이 없어. 게다가 하는 짓마다 얼마나 귀엽다고. 나 남자 아이돌한테는 전혀 관심 없는데 Q-wick은 좋아해. 얼마 전에는 팬클럽에도 가입했다니까."

"그렇게까지? 꽤 진심이잖아."

깜짝 놀랐다. 다카기는 "그러니까 말이야. 나도 설마 내가 남자 아이돌 그룹의 타월이랑 팔찌를 살 줄은 꿈에도 몰랐지"라며 진지한 얼굴로 고개를 끄덕였다.

"아, 미안. 얘기가 다른 데로 빠졌네. 아무튼 사이바라 씨의 조건을 받아들여서 여기 모지항에서 알파커션군을 공개하는 이벤트를 열기로 했어. 해협 플라자 앞 신스이 광장에서 사이바라 씨의 토크 쇼를 열고 알파커션군과 Q-wick이 협업한 상품들을 팔 거야. 회장 밖에서는 바나나 할인 판매나 텐더니스 신상품 시식회 같은 것도 진행할 예정이고. 현지 상점

가에서 일일 노점상도 나온다고 하니까 거의 축제나 마찬가지지."

주문했던 두 사람의 식사가 나왔다. 김이 모락모락 나는 이탈리안 치킨 스테이크에는 토마토소스와 치즈가 듬뿍 얹어져 있었다. 마늘 향이 어우러진 토마토소스의 냄새가 식욕을 돋웠다. 방금 햄버그스테이크를 다 먹은 다카기가 코를 벌름거리며 "일단 먹으면서 얘기하자고"라며 나이프와 포크를 손에 쥐었다.

"그래서 그날 알파커션군의 인형 탈을 쓰고 돌아다닐 사람을 찾고 있어. 알파커션군은 브레이크댄스가 특기라는 설정이거든. 그래서 그냥 쓰기만 한다고 되는 게 아니야. 우리 편의점에 자주 오는 남자 손님 중에… 정체를 알 수 없는 사람이 있는데 그 사람이 브레이크댄스쯤은 식은 죽 먹기라며 자원하긴 했거든? 사이바라 씨도 마음에 든다고 해서 그 사람이 하기로 했었는데 3일 전에 여기, 여기를 다치는 바람에."

다카기가 자기 다리를 가리켰다. 큼직하게 자른 치킨을 삼킨 후 마이토가 '아킬레스건?' 하고 묻자, 고개를 끄덕인다.

"이벤트 무대를 위해 연습한다더니 너무 무리했나 봐. 날씬한 근육질에 젊어 보이긴 하지만 30대인 모양이라."

그래서 알파커션군 인형 탈을 쓸 사람이 아직 정해지지 않았다는 이야기였다.

"물론 우리도 열심히 알아봤지. 다들 발 벗고 나서서 브레이크댄스가 가능한 인형 탈 쓸 사람을 찾았거든? 이런 일을 전문으로 하는 사람으로 말이야. 그랬더니 이번에는 사이바라 씨가 탐탁지 않아 하는 거야. 소중한 알파커셔군을 맡기는 만큼 충분한 각오가 되어 있는 사람이면 좋겠대."

"허어, 각오?"

"나는 그 각오가 진지함과 성실함을 뜻한다고 생각했어. 그 마음을 알 것도 같아서. 나도 누군가한테 마담 카메론을 맡겨야 한다면 그 사람의 됨됨이나 마음가짐을 보고 안심할 수 있는 사람을 고를 것 같거든."

우걱우걱. 다카기가 고기와 밥을 입안 가득 먹음직스럽게 넣는다. 마이토는 그 모습이 웃기기도 하고 기쁘기도 했다. 학창 시절의 다카기는 늘 음식을 깨작거렸고 먹을 것에 관심이라곤 없어 보였다. 뻑 하면 아팠고, 늘 기운이 없어 보였으며 말수도 적었다. 지금과는 완전히 딴판이었다.

성적이 우수해 원하는 대학은 어디든 들어갈 수 있고, 어떤 대기업에도 취직할 수 있을 거란 평가를 받던 다카기는 고등학교 졸업 후 프리터의 길을 선택했다. 선생님들은 '이런 성적으로 왜 그런 결정을 하느냐', '너무 아깝다'라며 졸업 직전까지 열심히 설득했으나 다카기는 끝까지 마음을 바꾸지 않았다.

친구로서 다카기의 장래가 걱정되지 않았느냐고? 당연히 걱정됐다. 어떤 선생님은 친구인 네가 좀 설득해 보라며 마이토에게 부탁을 하기도 했다. 너희 친구잖아. 인생에 대해 조금 더 진지하게 고민해 보라고 다카기한테 말 좀 잘해 봐. 부탁할게.

그러나 마이토는 그렇게 하지 않았다. 마이토는 다카기를 믿었다. 다카기의 결정은 틀리지 않았다고 생각했다. 그리고 역시 그 생각이 맞았다. 다카기는 지금 무척 생기 넘치는 모습이었다.

다카기가 곱빼기로 나온 밥을 다 먹어 치웠다.

"으~음, 밥 추가하길 잘했네. 참, 그래서 말이야. 나라면 마담 카메론을 누구한테 맡길까, 생각해 봤거든. 그랬더니 마이토 네가 떠오르더라고. 너 같은 사람이라면 사이바라 씨도 알파커션군을 맡기고 싶어 할 것 같다는 생각이 들었지. 어때?"

열심히 먹고 있는 다카기의 모습을 기분 좋게 바라보던 마이토가 화들짝 놀랐다. 이야기에 집중해야 했는데 다카기에게 정신이 쏠려 있었다.

"아아, 그래. 그랬구나. 진지함과 성실함이라."

다카기에 이어 마이토도 밥그릇을 비웠다. 된장국을 홀짝인다.

"… 날 그렇게 봐주다니 고맙네. 근데 너도 알잖아. 나 예전에 그런 아르바이트 하다 도중에 그만뒀던 거."

 사실 마이토는 대학 시절 히어로 쇼의 슈트 액터 아르바이트를 한 적이 있었다. 어차피 히어로가 될 수 없다면 슈트 액터가 되는 것이 꿈에 가까워지는 유일한 방법인 것 같았다. 이왕 이렇게 된 거 최선을 다해 볼 생각이었다.

 처음 맡은 일은 기타큐슈의 대형 쇼핑몰에서 열린 히어로 쇼에서 당시 인기를 끌던 '원시 특공대 애니멀 레인저'의 시조새 블루 역할을 하는 것이었다.

 몸에 딱 맞는 슈트를 입자 어쩔 수 없는 벅차오름이 느껴졌다. 거울 앞에서 시조새 블루의 포즈를 연습하며 '이거, 꽤 괜찮은 직업 같아!'라며 흡족해하기도 했다.

 하지만 막상 무대 위에 올라가니 하나도 괜찮지가 않았다.

 무대를 바라보는 아이들의 천진하게 반짝이는 눈빛과 순수한 응원의 목소리가 죄책감을 불러일으켰다.

 미안해, 얘들아. 사실 무대 밖의 나는 그저 일당을 받고 고용된, 운동 신경이 조금 뛰어난 대학생일 뿐이란다. 히어로가 되고 싶은 마음을 도저히 억누를 수 없어 겨우 적당히 찾아낸 타협점이 이거였어. 그렇다고 TV에 나오는 진짜 슈트 액터도 아니고 그 사람들을 흉내 내는 가짜야.

 슈트 안에서 눈물을 흘리며 액션 연기를 했다. 적어도 무대 위에 있는 순간만큼은 아이들의 꿈을 짓밟아서는 안 된다는 생각에 이를 악물고 울먹임을 삼켰다.

쇼가 끝나고 대기실에 돌아온 후에는 눈물범벅이 되어 힘없이 무너져 내렸다. 사색이 된 마이토를 발견한 다른 아르바이트생들이 깜짝 놀라 무슨 일이냐고 모여들더니 걱정하며 보살펴 줬다. 마이토는 그들의 따뜻함에 다시 눈물을 흘렸고 "전 이제 못하겠어요"라며 아르바이트를 그만뒀다. 두 번 다시 누군가를 속이는 일은 하지 않겠다고 마음속으로 다짐했다.

"알파커션군을 동경하는 아이들을 속이는 일, 난 못해."

"대학교 때 했던 건 애니멀 레인저잖아. 이번엔 새롭게 탄생한 알파커션군이고."

그 사이 다카기의 접시들은 모두 깨끗하게 비어 있었다.

"알파커션군은 지금 생명을 불어넣어 줄 사람을 기다리고 있어. 네가 사이바라 씨가 탄생시킨 알파커션군의 숨과 몸이 되어 주는 거라고."

"… 괜히 그럴듯하게 포장하지 마."

살짝 마음이 흔들렸다. 새롭게 탄생한 캐릭터인 것은 분명하다. 앞으로 키워 나갈 캐릭터. 적어도 진짜를 흉내 낸 가짜에 머물지 않을 수는 있었다.

"포장할 생각 없어, 사실을 말한 거지. 맞다, 알파커션군의 프로필을 안 보여 줬네. 이게 중요한 건데."

다카기가 핸드폰을 만지작거리더니 화면을 보여 줬다.

알파커션군(남자)
생일: 4월 8일(석가모니의 생일과 똑같다)
취미: 마라카스(열정이 중요!)
좋아하는 음악: 라틴(피가 끓으니까!)
좋아하는 말: 고독은 사람을 강하게 만든다.(고독을 피하면 안 돼. 제대로 맞서라!)
좋아하는 음식: 남국 백곰 밀크셰이크(달콤하니 맛있거든)
좋아하는 산: 가이몬다케(사쓰마후지는 아름다워!)
특기: 브레이크댄스(예이~)
비밀: 사실은 인형 탈(안에 누가 있는지는 절대 말할 수 없어 yo!)
중요 포인트: 규슈를 대표하는 히어로가 될 것(이것만큼은 진심)

빽빽이 적힌 프로필을 마이토는 물끄러미 바라보았다. 그러더니 "히어로?" 하고 중얼거렸다. 다카기가 "그래"라며 크게 고개를 끄덕였다.
"사이바라 씨는 알파커션군이 단순한 편의점 자체 제작 캐릭터에 머물길 바라지 않아. 텐더니스를 등에 업고 규슈를 책임질 멋진 히어로로 성장하길 원한대. 어때, 너한테 딱 어울리는 일 아니야?"

"규슈를 책임질 멋진 히어로…."

핸드폰 화면이 한순간 반짝인 것 같은 기분이 들었다.

설정일 뿐이라는 걸 알고 있다. 결국 실체는 보통의 인간일 뿐이라는 것도. 하지만 꽤 진지한 설정이었다. 안에 누가 있는지는 비밀에 부쳤지만, 인형 탈이라는 건 확실히 명시했다. 게다가 히어로가 되고 싶다는 꿈을 가지고 있다니….

"어때, 사이바라 씨랑 만나 보지 않을래?"

한쪽 팔을 올려 턱을 괸 채 다카기가 멋스럽게 말했다. 그러나 그 아래 놓인 것은 메뉴판. 이제 슬슬 디저트를 공략할 시간인가 보다.

"만나 보다니. 다카기 넌 그냥 텐더니스의 아르바이트생일 뿐이잖아. 아이돌을 그렇게 쉽게 만날 수 있다고?"

"바로 여기서 내 최애가 다시 등장하는데 말이지. 아, 여기요! 초콜릿 파르페 하나 주세요."

"최애?"

"추가 주문이요? 음… 그럼, 뉴욕 치즈 케이크도 같이 부탁드려요. 아, 아까 말했잖아. 내 최애가 우리 편의점 점장님 여동생이라고. 주에루짱이라고 하는데 완전 살아 있는 여신이야, 진심으로. 같은 시대를 산다는 것만으로도 기적에 가까운 행운이지. 외모만 예쁜 게 아니라 마음씨가 너무 아름다워. 그야말로 천진무구 그 자체라고 할까. 이런 어지러운 세상 속에 살면서 어디 하나 때 묻은 데가 없어. 얼어붙은 호수 위에 내리는 하얀 눈보다 아름다워. 나를 '우쿨렐레 군'이라고 부르는데 렌토에서 우쿨렐레로 아예 개명해 버리고 싶을 정도야. 주에루짱이 내 이름을 불러 준다면 기분 최고이지 않을까?"

따발총 같은 말투로 쏟아 내는 다카기의 얼굴은 마담 카메론 이야기를 할 때보다 더 쑥스러워 보였다. 그러더니 느닷없이 "넘보지 마"라고 정색을 한다.

"아무리 너라도 그것만큼은 용서 못 해. 우리의 우정을 지키고 싶다면 절대로 주에루짱을 넘봐선 안 돼. 내가 지금껏 주에루짱 얘기를 너한테 못 했던 것도 이거 때문이야. 내 이기심이라고 해도 할 수 없어. 미안하지만 그것만큼은."

"안 그럴게, 절대 안 그런다고 맹세해. 그러니까 하던 얘기 계속해 봐."

합장하듯이 두 손을 모으며 재촉하자 다카기가 흡족하다는 듯 "역시 마이토는 달라"라며 고개를 끄덕이더니 크흠, 헛기침했다.

"주에루짱의 오빠, 시바 미쓰히코라고 하는데 이 남자도 사람깨나 홀리는 스타일이거든. 내가 보기엔 그냥 이목구비가 좀 멀쩡하고 다정한 평범한 남자 같은데… 사람 마음을 확 휘어잡고 놔주지 않는 그런 매력이 있대. 남녀노소 불문하고 그 매력에 빠지면 마치 늪에 빠진 듯이 허우적거려. 너무 확 빠져서 스토커처럼 변하는 사람도 있는데 그들에게서 시바 점장님을 지키기 위해 만들어진 시바 미쓰히코 공식 팬클럽도 있어. 점장님이 가게에 있으면 그 얼굴 한 번 보겠다고 몰려든 사람들로 가게가 북적이고, 점장님이 한 번 웃으면 서로 자길 보고 웃었다고 난리를 치는 바람에 난장판이 돼. 생일은 거의 성탄절 못지않고 크리스마스나 밸런타인데이가 되면 선물을 받기 위한 창구용 공간이 따로 생길 정도야. 여자들끼리 서로 싸우는 건 우리 가게에서는 일상다반사고…."

"잠깐, 스톱. 제발 부탁이니까 장난 좀 치지 말고 제대로 얘기해 봐."

도대체 무슨 이야기를 듣고 있는 건지 영문을 알 수 없었다. 마이토가 이야기를 저지하자 다카기는 화를 내지도, 웃지도 않고 "믿기 힘들겠지만 내가 지금 하는 말은 모두 사실이야"라며 태연한 표정을 지었다.

"이해해. 직접 보기 전에는 믿기 어렵겠지. 나도 처음엔 그랬거든. 무슨 로맨틱 코미디 학원물도 아니고, 팬들에게 열광적인 환호를 받는 일반인이 실제로 존재하다니. 근데 정말 거짓말은 아니니까 일단 좀 믿어 주면 안 될까? 그렇지 않으면 얘기가 진행이 안 되거든."

되려 자신을 타이르는 말에 마이토는 씁쓸하게 고개를 끄덕일 수밖에 없었다.

"아무튼 시바 점장님의 인기는 하늘 높은 줄을 몰랐고, 결국 사이바라 씨까지 그 늪에 빠져 버린 거지. 사이바라 씨가 점장님의 열혈 팬이라서 자주 우리 편의점에 몰래 나타나. 자기 딴에는 몰래 오는 거지만 변장이 어설퍼서 다 들키긴 해. 그런 빈틈이 귀엽다니까…."

"진짜로?"

이야기가 이렇게 이어진다고? 놀란 마이토가 입을 떡 벌렸다.

"정말이야. 사이바라 씨는 시바 점장님이 있는 모지항 텐더니스를 응원하니까. 그래서 모지항에서 이벤트 여는 걸 조건으로 한 거지."

초콜릿 파르페가 테이블에 놓였다. 바닐라와 초코 아이스크림, 생크림과 초콜릿 시럽까지 듬뿍 담겨 있다. 다카기의 눈이 반짝인다. 얼른 숟가락을 들고 생크림을 떠서 입안에 넣는다. 맛있는지 눈을 가늘게 뜨고 '으음' 하고 감탄을 내뱉은 다카기가 "그래서 말인데" 하고 대화를 이어 갔다.

"알파커션군 역할을 해 줄 사람을 못 찾아서 사이바라 씨가 점장님한테 부탁했나 봐. 괜찮은 사람을 찾아봐 줄 수 없냐고. 그래서 우리 편의점 직원들이 모두 나서서 후보를 찾고 있거든. 물론 주에루짱도."

"어? …뭐?"

생각지도 못한 전개에 당최 이야기를 따라갈 수가 없다. 그러니까 마성의 점장과 살아 있는 여신이 남매라고? 게다가 아이돌도 그 점장에게 푹 빠져 있다고? 와중에 그런 대단한 사람을 '이목구비가 좀 멀쩡하고 다정한 평범한 남자'라고 평가하는 너는 또 뭐고, 살아 있는 여신은 왜 널 '우쿨렐레군'이라고 부르는 건데. 너 우쿨렐레 같은 거 연주는커녕 잡아 본 적도 없잖아.

머릿속에 질문이 넘쳐흘렀지만, 목이 꽉 막혀 소리가 나지 않는다.

"직원들이 소개하는 후보는 사이바라 씨가 직접 면접을 보겠다고 해서. 어때, 만나 보지 않을래?"

다카기가 물을 꿀꺽 마시는 듯한 빠른 속도로 초콜릿 파르페를 비웠다. 마치 기다리고 있었다는 듯 점원이 치즈 케이크를 가져왔다. 다카기는 천천히 생각해 보라는 듯, 먹던 속도를 서서히 늦추며 조심스럽게 케이크를 잘랐다.

마이토는 핸드폰을 들고 알파커션군을 검색해 봤다. 자신이 여태껏 몰랐던 것이 황당할 정도로 많은 정보가 나와 있었다. SNS에는 이미 '얼른 굿즈가 풀리길…', '알파커션군 팬클럽 모집은 언제 하나요?', '무료로 나눠 주던 알파커션군 스티커 거래가 연일 상승 중. 지금은 한 장에 1000엔이 넘는다…!' 등의 댓글이 달려 있었다.

그 가운데 '일곱 살짜리 아들이 알파커션군한테 푹 빠졌다. 규슈를 넘어 세계에서 활약하는 히어로가 되어 줬으면 좋겠단다'라는 게시물을 발견했다. 글 속 사진에는 종이봉투와 핑크색 털실로 만든 듯한 알파커션군 가면을 쓴 아이가 씩씩한 모습으로 서 있었다. 많은 사람이 '좋아요'를 눌렀고 '우리 애도 너무 좋아해요', '애들이 하도 졸라서 지금 알파커션군 그리기 연습 중입니다 ㅋㅋ' 같은 댓글이 달려 있었다.

나도 예전에 직접 만든 가면을 썼었는데.

문득 어린 시절의 자신이 떠올랐다. 종이봉투를 잘라 만들기도 했고, 부모님이 축제 때 길거리에서 가면을 사 줬을 땐 잠자는 동안에도 벗지 않았다.

알파커션군은 이미 히어로의 반열에 들어섰구나….

"공개된 지 얼마 되지도 않은 모양인데, 인기가 많네."

작게 중얼거리자, 다카기가 "그렇다니까" 하며 고개를 끄덕였다.

"텐더니스 본사에서 기대했던 것보다 훨씬 반응이 좋나 봐. 물론 사이바라 씨의 인기가 한몫했겠지만, 캐릭터 자체가 매력적이잖아. 나도 마음에 들거든."

"흠."

마이토가 힐끗 다카기를 본다.

다카기는 가장 이상적인 방법으로 내 꿈을 이룰 수 있도록 도와주려는 걸까. 이 정도면 괜찮아, 라고 만족할 수 있는 타협점을 찾아 주고 싶었던 걸까.

마이토는 다카기에게 히어로가 되고 싶은 자신의 꿈에 대해 자세히 이야기한 적이 없었다. 아주 오랜 옛날 딱 한 번 말한 적 있고, 그 일을 계기로 크게 싸운 이후부터는 얼렁뚱땅 넘기곤 했다. 다카기 또한 그 주제를 언급하지 않았다.

어쩌면 이것이 다카기 나름의 배려일지도 모른다는 생각이 들었다.

"… 그럼 그냥 만나만 볼까."

툭 한마디 던지자, 다카기가 "진짜?"라며 목소리를 높였다.

"이야, 됐다 됐어! 진심으로 마이토 만한 사람이 없다고 생각했거든. 고마워!"

"에이, 아직 정해진 것도 아닌데. 사이바라 씨 마음에 안 들 수도 있고."

다카기가 가슴을 쭉 펴더니 "이러고 있을 때가 아니지"라며 서둘러 남은 치즈 케이크의 반쪽을 먹어 치웠다. 부지런히 입을 움직이고는 입속 케이크를 꿀꺽 삼킨다. 남은 물을 벌컥 들이켜더니 "당장 점장님한테 전화해 봐야겠다"라고 말했다.

"아마 지금 바로 면접 보러 오라고 할 텐데, 그래도 괜찮아?"

"뭐? 지금 바로? 사이바라 씨도 스케줄 있을 거 아냐."

"실은 행사까지 보름밖에 안 남았거든."

다카기가 처음으로 난처한 표정을 지으며 눈썹을 찌푸렸다.

"내일까지 발표라 사실 지금 모지항에서 면접을 진행 중이야. 마감을 코앞에 두고 열리는 최종 집단 면접이랄까."

잠깐 실례. 핸드폰을 든 다카기가 자리에서 일어났다. 밖에서 통화를 하고 올 모양이었다.

"마음의 준비만 좀 해 둬."

생긋 웃으며 가벼운 발걸음으로 멀어지는 다카기의 등을 멍하니 바라보았다. 이렇게 순식간에? 아니 그보다, 그 정도로 긴박한 상황인데 이런 데서 느긋하게 밥을 먹고 있던 거냐고….

5분 정도 밖에서 통화한 다카기가 여전히 가벼운 발걸음으로 돌아오더니 "지금 당장 출발하자"라고 말했다. 조금의 초조함도 느껴지지 않는 다카기의 웃는 얼굴에 마이토는 '얘가 원래 이렇게 대범한 성격이었나' 싶어 깜짝 놀랐다. 학창시절 소심하던 친구 다카기는 이제 더 이상 여기에 없었다.

○

면접은 모지항 빌딩의 한 회의실에서 진행됐다. 대여 공간으로 보이는 회의실 앞 복도에는 기묘한 분위기가 감돌고 있었다. 심각한 표정을 한 정장 차림의 남성도 있었고, 초조해 보이는 모습으로 이리저리 오가는 여성도 있었다. 아무래도 사이바라의 최종 승인이 아직 나지 않은 모양이다.

"어! 다카기 군!"

그때 혼자 태평하게 의자에 앉아 있던 남자 한 명이 휘휘 손을 흔들었다. 웃으며 인사하는 그의 얼굴을 본 순간 마이토는 '으아!' 하고 작게 소리쳤다.

헉, 뭐야, 어떻게 사람이 저렇게 반짝반짝 빛이 나지? 연예인인가? 혹시 저 사람이 그 사이바라 아루?!

"아, 수고 많으십니다. 점장님."

역시 태평한 표정으로 답한 다카기를 본 마이토의 눈이 휘둥그레졌다. 뭐, 점장?!

"쉬는 날인데 미안. 그래도 덕분에 살았어. 후보를 찾아와 주다니. 아, 혹시 다카기 군의 친구 아키요시 마이토 씨 되시나요? 처음 뵙겠습니다. 텐더니스 모지항 고가네무라점의 점장, 시바 미쓰히코라고 합니다."

듣기 좋은 음성으로 생긋 웃으며 말한다. 향기로운 바람이

훑고 지나간 듯한 기분에 마이토는 자기도 모르게 몸을 움츠렸다. 눈앞에 있는 저 사람, 정말 인간이 맞는 거야? 나랑 같은 신체 구조를 가진 그 인간?

"시바 점장님, 가게는 어떻게 하고 오셨어요? 오늘 근무하시는 날이잖아요."

"지금 휴게 시간이라서. 10분 후에 다시 가 봐야 해."

"아. 그래서 아직도 결정이 안 났어요?"

"응, 아직. 난항 중이야."

다카기는 조금의 동요도 없이 시바와 아무렇지 않게 대화를 나누고 있었다. 말이 돼? 마이토는 못 믿겠다는 듯 다시 그 광경을 바라봤다. 그러고 보니 아까 다카기는 시바 점장을 '이목구비가 좀 멀쩡하고 다정한 평범한 사람'이라고 말했었다. 이봐, '멀쩡한 이목구비'라는 한마디로 정리할 수 있는 외모가 아니잖아. '평범한 사람'이라니 어떻게 저 사람한테 '평범'이란 단어를 갖다 붙일 수가 있지? 아무리 봐도 '평범'이랑은 거리가 먼데?

어지간해선 잘 하지 않는 공격적인 질문들로 머릿속이 가득 찬 순간, 문이 열렸다. 그곳에 있는 모든 사람이 숨을 삼키는 것이 느껴졌다.

느릿느릿 방에서 나온 사람은 빨간 멜빵바지에 하얀 탱크톱을 입은 머리가 벗겨진 노인이었다. 새하얀 수염이 턱을 뒤덮고 있다. 마이토가 '오오'하고 눈을 크게 뜰 정도로 단단한 근육질의 몸이었다. 햇볕에 그을린 두툼한 팔뚝 하며, 전체적인 체격이 상당히 다부졌다.

보아하니 노인은 면접에서 탈락한 듯했다. 슬픈 눈빛으로 어깨를 늘어뜨리며 "역시 무리였나"라고 중얼거린다.

"이 나이의 노인이 나서면 만약에 대비해 구급 팀도 준비해야 할 테고…."

터덜터덜 마이토 일행 쪽으로 걸어온 노인이 시바를 향해 힘없이 웃었다.

"미안, 도움이 되고 싶었는데."

"나이가 무슨 상관이에요. 이렇게나 건강하신데."

시바가 노인의 어깨를 부드럽게 두드리며 위로하자 노인이 "고마워"라며 코를 훌쩍였다. 그러더니 마이토를 발견하고 "혹시 그쪽도 면접?"이라며 지금 막 자신이 나온 문 쪽을 가리킨다. 고개를 끄덕이자 물끄러미 마이토를 바라보더니 "잠깐 실례"라며 손을 뻗어 팔뚝을 잡았다. 근육을 확인하듯 꾹꾹 힘 있게 누른다.

"이야, 근육이 제대로네. 매일 운동하나 봐?"

"아, 네."

"흐음."

팔뚝을 여러 번 만지작거린 노인이 마이토의 얼굴로 시선을 돌렸다. 피하는 것도 왠지 실례인 것 같아 눈을 마주치고 있었더니, 얼마 후 노인이 씨익 하고 웃었다. 마이토의 등을 스윽 문지르고는 가볍게 톡 두드린다.

"자네, 왠지 합격일 것 같다. 들어가 봐."

"네? 저요?"

방금 탈락하신 분이 무슨 그런 말씀을. 어리둥절해하고 있는데 다카기뿐 아니라 옆에 있던 시바까지 "그래요?"라며 화색을 띠었다. 다카기가 "빨강 할아버지 맘에 들었으면 확실하겠는데?"라며 신이 난 목소리로 말한다.

"그럴 리가."

면접에 떨어진 사람 말을 어떻게 믿어, 라는 말이 튀어나올 뻔했으나 무례한 반응이란 생각에 서둘러 삼켰다.

"걱정하지 마. 빨강 할아버지는 나보다도 더 사람 보는 눈이 정확하거든."

뭐가 뭔지 모르겠다. 빨간 옷을 입고 있어서 다들 빨강 할아버지라고 부르는 거야? 도대체 어떻게 된 거야, 이 모지항이란 동네는. 개성이 과한 사람들만 잔뜩 모여 있잖아. 다카기가 이런 데서 아르바이트하고 있을 줄이야, 생각도 못 했다. 왜 제대로 말을 안 해 준 거냐고.

혼란에 빠져 있는데 회의실 쪽에서 "다음 분 들어오세요"라는 목소리가 들렸다.

"안 계시나요? 대기자분 있으면 들어오세요."

순간, 주변의 공기가 들썩이더니 모두의 시선이 마이토에게 집중되었다. 그 시선에 담겨 있는 건 분명 '희망'이었다. 어쩌다 이렇게 된 거지. 이런 부담감 속에서 어떻게 면접을 보라는 거야.

그러나 도망칠 수는 없다. 비록 예상치 못한 전개이긴 했지만, 모두의 '희망'을 등에 업고 나아가는 것이야말로 히어로다. 나는 그런 히어로를 꿈꿔 왔어, 겁먹을 거 없다고. 오히려 즐겨야 하는 상황이잖아. 마이토는 마음을 굳게 먹었다. 어차피 히어로가 되길 포기했던 인생이다. 이제 와 긴장할 이유 따위 없었다.

"그럼, 다녀올게."

다카기를 향해 결연하게 말하자 다카기가 "잘하고 와"라며 양손 엄지를 치켜세웠다. 그에 대한 답으로 똑같이 엄지 두 개를 들어 보인 후 마이토는 사이바라가 기다리고 있는 곳으로 걸어 들어갔다.

문을 두드리자 "네, 들어오세요" 하는 목소리가 들린다. 아직 어린애 같은 천진함이 묻어나는 목소리였다. "실례합니다" 씩씩하게 답하며 문을 열었다.

아무것도 없는, 널찍한 방이었다. 가운데 긴 테이블과 의자 하나만 덩그러니 놓여 있다. 긴 테이블 안쪽에 한 사람이 앉아 있었고, 그 옆에 비서로 보이는 키가 큰 검은 정장 차림의 남자가 서 있었다.

의자에 앉아 있는 사람이 사이바라 아루인 것 같다. 생각보다 작은 체구였고 선이 가늘었다. 조막만 한 얼굴에 커다란 눈이 가득 차 있다. 속이 다 비칠 듯 피부가 투명하다. 헐렁한 후드에, 못지않게 헐렁한 찢어진 청바지를 입고 있었다. 만약 화사한 원피스 차림이었다면 여자로 오해했을지도 모른다고, 마이토는 생각했다. 역시나 아이돌은 아이돌이구나. 놀라울 정도로 화려한 외모였다.

"사이바라 아루라고 합니다. 와 주셔서 감사해요."

사이바라가 자리에서 일어나 고개 숙여 인사했다.

"아키요시 마이토입니다. 잘 부탁드립니다."

깊이 고개를 숙이자 "이쪽으로 앉으세요"라며 사이바라가 본인 맞은편 의자를 가리켰다.

"그럼, 실례하겠습니다."

한 번 더 인사하고 의자에 앉는다. 등을 꼿꼿이 세우고 자세를 바로잡던 마이토는 자신이 긴소매 티셔츠에 면바지 차림이라는 사실을 깨달았다. 이런, 이 면접과 너무 안 어울리는 복장 같은데….

"아키요시 씨, 실례지만 나이가 어떻게 되시죠?"

사이바라의 옆에 서 있던 정장 차림의 남자가 물었다. 마이토가 눈을 맞추자 "아, 저는 사이바라 씨 매니저 이마나미라고 합니다."

"아…네. 스물넷입니다. 지금은 기타큐슈 시내에 있는 재활원에서 작업 치료사로 일하고 있습니다. 다행히 겸업이 가능한 곳이라서요."

"아키요시 씨, 히어로 좋아하시나요?"

마이토의 이야기를 가로막는 듯한 속도로 사이바라가 질문을 던졌다. 허를 찔린 기분이었으나 반사적으로 입이 움직였다.

"네. 제일 좋아하는 건 '초괴전사 군단 판타지아'입니다."

드래곤과 페가수스, 그리핀 등 상상 속의 존재들을 모티브로 한 히어로들이 악의 무리인 '팀☆미쓰료'에 맞서 싸우는 시리즈 히어로물 중 하나다. 생명에 대한 애정과 책임, 환경 파괴에 대한 분노가 담긴 작품인데 대중들에게는 그리 큰 인기를 얻지 못했다. 주제에 초점을 맞춘 다소 묵직한 이야기 전개와 마지막 화에서 인기 캐릭터인 드래곤 레드가 죽음을 맞는 슬픈 결말로 인해 일요일 아침 어린이 방송에 적합하지 않다는 비난이 이어졌기 때문이다.

그러나 마이토는 대단한 걸작이라고 생각했다.

특히 드래곤 레드가 멋있었다. 존경할 만한 히어로들은 많지만, 그중에서도 압도적으로 탁월한 전사였다. 지구상의 모든 생명체의 행복과 공존을 소망하며 숨을 거두는 마지막 장면에서는 엉엉 소리를 내며 오열하고 말았다. 당시, 고등학교 3학년생으로 졸업을 앞두고 있었으나 드래곤 레드가 죽었다는 충격을 견디지 못해 다음 날 결석을 할 정도였다. 학교를 빠지고 혼자서 드래곤 레드의 장례를 치렀다. 좋아하는 브로마이드를 걸고, 꽃과 향 그리고 드래곤 레드가 좋아하던 갈비를 준비해 놓고 불경 소리 대신 테마곡을 들으며 그를 애도했다. 초괴전사 군단 판타지아의 마지막 방송이 2월 25일이었기 때문에 마이토는 그날을 드래곤 레드의 기일로 정하고 지금까지도 매해 그를 기리고 있다.

사이바라가 "판타지아요? 정말이에요?" 하고 눈을 가늘게 떴다. 설마 의심하는 건가? 마이토는 "드래곤 레드의 대표 포즈도 보여드릴 수 있습니다"라고 당당하게 답했다.

"대사도 외울 수 있고요."

"보여 주실 수 있나요?"

벌떡 일어서서 회의실 안을 둘러본다. 비어 있는 공간을 찾아 자리를 잡았다.

"하겠습니다."

두 발을 벌린다. 허리는 오른쪽으로 45도 회전시키고, 양팔을 교차한다. 정면을 바라보며 "초괴전사 군단!" 하고 외쳤다. 몸을 다시 정면으로 되돌리는 동시에 두 팔도 원위치한 후 왼손을 가슴 위에 얹고 오른손은 주먹을 쥐어 하늘로 뻗는다. "판타지아!" 머릿속에서 짠! 하는 효과음이 울리고 등 뒤로 불타오르는 배경이 펼쳐졌다. 세 박자 쉬고, 뒤로 공중제비를 돈 후 한쪽 무릎을 세운다. 왼손으로 얼굴을 반쯤 가리고 "드래곤~ 레드!!!" 하고 소리쳤다. 자신의 등 뒤로 불길에 휩싸인 용이 꿈틀거리는 영상이 머릿속에 펼쳐진다.

… 아아, 완벽하다.

오랜만에 전력을 다해 포즈를 취한 마이토는 피가 끓는 것을 느꼈다. 셔츠 아래로 싸악 소름이 돋았다. 표현할 수 없을 정도로 짜릿한 기분이다. 아아, 역시 히어로는 멋지구나.

벅찬 기분을 맛보고 있는데 짝짝, 박수 소리가 들렸다. 정신을 차리고 보니 사이바라가 자리에서 일어나 박수를 치고 있었다. 얼굴이 빨갛게 상기되어 있다.

"브라보!!! 브라보예요!! 끝내준다. 완전 똑같아!"

둘러보니 사이바라 옆에 선 이마나미도 감탄스러운 표정으로 박수를 치고 있었다.

"저 지금 아키요시 씨의 등 뒤에서 페가수스 블루랑 그리핀 옐로우를 봤어요. 드래곤이 꿈틀거렸다고요!!"

너무 멋있어! 들뜬 목소리로 외친 사이바라가 흥분한 모습으로 "사실 저도 이 작품을 제일 좋아하거든요"라고 덧붙였다.

"히어로란 원래 고고한 존재잖아요. 늘 밝고 천진한 모습을 보여 주지만 그 이면에는 늘 악의 무리와 싸워야 하는 고독함이 가려져 있죠. 정의를 위해서라면 목숨도 바치겠다는 각오 또한 필요하고요! 판타지아는 주제 의식도 훌륭하지만 저는 그 고독함과 각오를 그리는 방식에 반했어요. 인간적인 면을 간직한 히어로도 멋지다는 걸 알게 됐죠. 사람들에겐 히어로지만 그 내면에는 '무서워, 아픈 거 싫어, 도망치고 싶어'라는 솔직한 심정을 품고 있는…."

어느샌가 사이바라의 말투가 달라졌다. 기타큐슈 출신 아이돌이라는 사실을 상기시키는 억양이 그대로 묻어나왔다.

"모든 히어로물은 다 명작이지만, 꼭 순위를 매겨야만 한다면 판타지아가 최고 중의 최고라고 생각합니다!"

"… 저도 그 마음 알아요."

정신을 차리고 보니 자기도 모르는 사이 마이토는 사이바라의 손을 잡고 있었다. 히어로 전사 군단 시리즈를 좋아하는 사람을 만난 적은 있다. 게임을 하다가 히어로 포즈를 취하는 사람을 본 적도 있었다. 전사 군단 시리즈를 다 섭렵한 다카기와 밤새워 수다를 떨기도 했다. 하지만 이렇게까지 판타지아에 대해 열변을 토하는 사람은, 만나지 못했다.

"누구보다 겁 많은 울보라며 한심한 녀석 취급받던 아카호시 류세이… 그러니까 드래곤 레드가 마지막 순간 히어로로서의 각오를 품고 죽어 가는 장면을 떠올리면 지금도 눈물이 쏟아져요."

"저, 도, 요!"

크으으, 사이바라가 몸부림을 치며 "내가 원하는 게 바로 그거예요!!" 하고 소리쳤다.

"그런 히어로를 만들고 싶어요. 편의점에서 만든 자체 캐릭터? 요즘 유행하는 맹한 이미지의 마스코트? 그런 틀에서 벗어나야 해요. 저는 알파커션군을 고고한 히어로로 만들고 싶어요. 알파커션군은 환생한 드래곤 레드라고요!"

사이바라의 열정적인 외침에 마이토는 발끝에서부터 흥분이 솟아오르는 것을 느꼈다. 이 사람, 뭐지? 또 다른 나잖아! 나랑 똑같은 시선으로 드래곤 레드를 보는 사람이 이 세상에 존재하다니! 혹시 이 사람, 목숨을 잃은 드래곤 레드의 뜻을 세상에 전하려는 건가?

그런 위대한 일을?

"제가 당신의 알파커션군을 실현시키고 싶어요."

"우아, 어쩜 이렇게 감동적인 말을!"

"당신이 탄생시킨 알파커션군에게 제가 생명을 불어넣을게요!"

"최고야!"

품 안으로 달려드는 사이바라를 반사적으로 껴안았다. 세게 안으면 부서질 듯한 여린 몸이었지만, 사이바라 역시 마이토를 있는 힘껏 끌어안았다.

"우리 함께 세상을 바꿔 봐요!"

품속의 사이바라가 외쳤다. 이마나미가 문을 벌컥 열고 "알파커션군, 결정됐습니다!" 하고 소리친다. 복도에서 커다란 환호가 들렸다. 그 목소리에 북받친 감정이 눈물이 되어 흘러내렸다.

아아, 꿈만 같다. 포기했던 꿈이 이런 식으로 이뤄지다니.

알파커션군.

반드시 너를 최고의 히어로로 만들어 줄게.

마이토는 굳게 다짐했다.

○

아드레날린은 사람을 바보로 만드는구나….

2주일 후, 일요일. 머리부터 발끝까지 알파커션군 인형 탈을 쓴 채 모지항 신스이 광장 한쪽에 설치된 천막 안에서 대기 중이던 마이토는 반쯤 넋을 놓고 있었다.

한 편의 영화 같던 면접이 끝나고 한 시간쯤 지난 시점에는 이미 흥분했던 몸과 마음이 찬물을 뒤집어쓴 듯 차게 식어 있었다. 엄청난 일을 벌이고 말았다는 사실을 뒤늦게 실감했기 때문이다.

그래, 분명 내 입으로 히어로가 되고 싶다고 했다. 히어로가 되고 싶은 건 분명한 사실이다. 히어로가 될 기회를 얻었다는 생각에 기뻤다. 그러나 생각해 보면 이건 규슈를 대표하는 대기업의 자체 캐릭터, 그 '캐릭터 안의 사람'이 된다는 것이다.

게다가 일회성 이벤트에서 몇 시간만 그 역할을 맡으면 되는 줄 알았더니, 앞으로도 '캐릭터 안의 사람'으로 행사 때마다 출연할 사람을 찾고 있었단다. 난 그런 이야기 못 들었다고! 이게 다 무슨 소리냐는 표정으로 다카기를 쳐다보자, 누가 봐도 연기하는 듯한 어색한 몸짓으로 고개를 휙 돌리더니 휘파람을 불었다. 어디서 저런 쌍팔년도식 발 연기를!

그 후로 2주 동안은 정신없이 바빴다.

우선 알파커션군 '안의 사람'으로 결정되어 부업할 생각이라는 사실을 상사에게 보고했고, 곧바로 사장실의 호출을 받았다. 한 달에 한 번 조회 시간에 당부와 격려의 말을 전할 때 외에는 얼굴을 볼 일이 없는 일흔을 넘긴 사장은 마이토가 사장실에 들어서자 환하게 웃으며 "대단해!"라며 박수를 쳤다.

"알파커션군이라니, 요즘 규슈 최고의 핫 이슈잖아! 방금 자네 상사한테 보고받았네. 설마 우리 직원 중에 그 프로젝트에 참가하는 사람이 있을 줄이야. 텐더니스의 호리노우치 회장님은 기업인으로서 내가 무척 존경하는 분이야. 그런 분과 우리 직원 사이에 이런 인연이 생기다니 너무 기쁘군. 힘내서 열심히 해 주게!"

혹시 한 소리 듣는 거 아닐까 전전긍긍하고 있던 마이토는 예상치 못한 반응에 긴장이 탁 풀렸다. 사장님은 "알파커션군 일도 소홀히 하면 안 돼~"라며 장난기 가득한 표정으로 윙크까지 날렸다.

당황스럽긴 했지만, 사장님이 확실히 말해 둔 덕분에 다른 직원들의 도움을 충분히 받을 수도, 숨 가쁘게 이어지는 미팅과 연습에 몰두할 수 있었다.

그런데도 시간은 턱없이 부족했다.

먼저, 알파커션군의 움직임을 연습해야 했다. 걸음걸이, 손 흔들기, 고개 갸우뚱하기. 그리고 결정적인 포즈까지. 인형 옷은 팔다리가 짧아 동작을 크게 해야 했다. 날렵하고 경쾌하게 움직이려 노력하다 보면 금세 땀범벅이 되었다. 체력에는 자신 있었는데 아직 부족했던 걸까, 하는 초조함이 밀려왔다.

제일 큰 문제는 알파커션군의 특기, 브레이크댄스였다.

운동 신경은 뛰어난 편이었지만 이벤트에서 보여 줄 댄스 동작을 익히기란 여간 어려운 일이 아니었다. 난도가 꽤 높았다. 게다가 춤을 춰 본 경험도 거의 없었다. 자는 시간을 쪼

개 가며 몸에 익을 때까지 안무를 연습했다.

인형 안에 들어가기까지 수많은 계약서에 서명해야 했다. 한 장 한 장 서류를 살펴보며 도장을 찍을 때마다 '책임'이란 이름의 중압감이 누르는 듯했다. 히어로의 고고함에 대해서는 알고 있었으나 부수적으로 따라오는 '사회적 책임'까지는 알지 못했다.

그야 그렇겠지, 뒤늦게 납득한다. TV에서 히어로를 연기한 배우들은 사회에서도 올바르게 살아간다. 아이들의 영웅에 걸맞은 이미지를 지킨다. 히어로란 그저 한 시즌으로 끝나는 존재가 아니다. 이 각박한 세상을 청렴하게 살아가는, 장기 프로젝트를 수행해야만 한다.

"내 말 듣고 있어? 야, 마이토!"

자신을 부르는 목소리에 퍼뜩 정신이 들었다.

주변을 둘러보자 의아한 표정으로 서 있는 다카기의 모습이 보였고, 정면에는 인형의 머리통이 놓여 있었다. 새로 만들어 그런지 결이 매끄러운 털이 보송보송했고 동그랗게 뜬 눈이 마이토를 바라보고 있었다.

"아아, 미안. 잠깐 정신이 나갔었나 봐. 무슨 얘기 했어?"

"뭐, 그냥 사람이 많네, 정도의 시답잖은 얘기라 상관은 없는데 너 괜찮은 거 맞아? 아까부터 계속 안색이 안 좋은데?"

다카기가 눈살을 찌푸리며 물었다. 이 일에 끌어들인 장본인이자 친구로서, 아르바이트 일정까지 바꾸고 행사장에 와 주었다.

"감동의 면접을 거쳐, 마침내 데뷔의 날이라고! 좀 더 들떠 있어야 하는 거 아냐? 아… 너무 흥분돼서 밤에 잠을 못 잤나?"

다카기는 "귀여운 구석이 있네"라며 태평하게 웃었지만 마이토는 "그런 거 아냐" 하고 답하며 한숨을 내쉬었다.

"그때는 말로 설명할 수 없을 정도로 흥분하는 바람에 이렇게 큰 규모일 거라고는 상상도 못 했어."

"그래? 내가 축제 규모라고 말 안 했나?"

"어, 했지. 넌 분명 제대로 말했는데 내가 너무 가볍게 받아들였나 봐."

천막 밖에서 왁자지껄한 소리가 들려왔다. 사이바라 아루의 팬을 비롯해 엄청난 인파가 몰려오고 있었다. 이마나미와 다른 스태프들에게 듣자 하니, 새벽 두 시부터 줄을 서기 시작했단다. 핸드폰으로 SNS를 확인해 보니 일본 전국은 물론, 한국과 대만의 열혈 팬들까지 총출동한 모양이었다.

행사 시작 5분 전에 이미 만원을 이뤘고 이제는 광장 밖까지 사람들이 가득했다. 다카기와 속닥속닥 얘기를 나누고 있는데 "알파커션군의 오리지널 굿즈, 한정 판매가 매진되었습니다!", "안 돼!". "아 어떡해, 아루 군도 봐야 하는데 굿즈도 너무 갖고 싶어!" 시끌벅적한 목소리들이 오고 간다. 한편에서는 "거기 밀지 마세요! 그쪽으로 들어오시면 안 됩니다!"라는 안전 요원의 다급한 목소리가 쩌렁쩌렁 울렸다.

"이 정도일 줄은 몰랐다고."

의도와 달리 초라한 목소리가 흘러나왔다. 그러나 다카기는 "히어로란 원래 이런 데서 시작하는 거야"라며 여전히 태평한 소리를 했다.

"게다가 요즘 시대엔 대놓고 나쁜 짓을 하는 확실한 악당만 있는 게 아니잖아? 나타나면 싸워서 쓰러뜨리는 게 전부가 아냐. 지금 시대에 맞는 싸움의 방식을 찾아야지."

"지금 시대에 맞는 싸움의 방식…."

다카기가 무슨 말을 하고 싶은 건지는 알겠는데 아무리 그래도 이런 싸움의 방식일 줄은 상상도 못 했단 말이다.

"왜 이래, 마이토. 너답지 않게."

후우, 다카기가 한숨을 쉬며 말했다.

"나답지 않다니, 뭐가."

"말 그대로야. 원래 마이토는 훨씬 더 '히어로스러운' 성격이잖아. 멋있게 등장해서 '다들 기다렸지? 드디어 내가 왔다!' 하고 외칠 것 같은 사람이라고."

"그게 무슨 소리야. 어릴 때야 그런 적도 있을지 모르지만 그건 어디까지나 내 그릇도 모르고 나서던 뻔뻔했던 시절 얘기지."

그래, 학창 시절에는 분명 그런 내가 있었다. 하지만 아무리 애를 써도 히어로가 될 수 없는 현실, 여자 친구들이 떠나며 남긴 '이런 남자인 줄 몰랐어'라는 말과 실망 어린 눈빛들은 차근차근 자신감을 무너뜨렸다. 지금의 나는 영원히 이룰 수 없는 꿈을 가진, 포기에 서툰 남자일 뿐이다. 지금에 와서야 인정하게 된 내 실체다.

"안녕하세요."

슬그머니 천막 안으로 들어오며 인사를 건넨 사람은 시바였다. 모자를 깊게 눌러쓰고 선글라스와 마스크를 낀 채, 연예인 뺨치는 중무장을 하고 나타났다. 다카기가 "점장님. 어쩐 일로 이렇게 제대로 준비를!"이라며 뜻 모를 칭찬을 했다.

"아, 이거? 응원하러 간다고 했더니 히로세 군이 행사 무사히 끝내고 싶으면 이렇게 하고 가라 그래서."

"점장님이 얼굴을 훤히 내놓고 다니면 괜한 소란이 일어나니까요."

"괜찮을 거 같긴 한데, 만에 하나 그런 일이 생기면 죄송하니까"라고 답하며 선글라스와 마스크를 벗은 시바가 "그나저나 깜짝 놀랄 정도로 대성황이네"라며 감탄의 말을 내뱉었다.

"여기까지 오는 데도 길이 막히더라니까. 방송국이랑 신문사에서도 많이 나온 것 같던데."

방송국까지?! 마이토가 한층 더 긴장하기 시작했다. 시바는 그런 기색을 전혀 느끼지 못한 사람처럼 태연한 표정으로 마이토를 바라봤다.

"아키요시 군, 오늘 잘 부탁해요. 텐더니스 직원의 한 사람으로서 우리의 꿈과 희망을 당신에게 맡깁니다."

부드럽게 미소 지으며 손을 내민다. 두 번째 만남인데도 여전히 적응하지 못한 심장이 주책스럽게 쿵쾅거렸다. 주뼛거리며 인형 옷을 입은 채 손을 내밀자, 시바가 그 손을 꼭 잡아 왔다. 다정하게 힘을 실어 준다.

"어라? 손바닥 부분은 천이 얇네요?"

"춤출 때 바닥에 손이 닿잖아요. 그때 손의 감각이 무척 중요해서 그걸 못 느끼면 위험해질 수 있대요. 사이바라 씨의 의견으로 이 부분을 특별 제작했다더라고요."

시바가 "이야, 잘 만들었네요"라며 복슬복슬한 손등부터 손바닥까지 이리저리 살펴본다. 그러고는 마이토를 향해 웃었다.

"아키요시 씨, 알파커션군의 데뷔 무대, 제대로 즐기고 오세요."

"즐기라고요…."

시바의 말을 곱씹던 마이토가 "즐기지는 못할 것 같아요"라고 중얼거렸다. 그 말에 시바가 고개를 갸웃거린다.

"그게… 제가 지금 너무 긴장해서요. 생각했던 거랑 너무 달라서."

약한 소리가 흘러나왔다. 이야기를 듣던 시바가 한쪽 눈썹을 살짝 들어 올린다.

"면접 날엔 스스로도 깜짝 놀랄 정도로 벅찬 기분이었는데 지금은…."

"사실은 나도 그거 하고 싶었어요. 알파커션군 안에 들어가는 사람."

생글생글 웃으며 시바가 말했다.

"처음에는 몇몇 점포에만 알파커션군의 머리통을 나눠 줬었거든요. 오늘 아키요시 씨가 쓰는 탈에 비하면 훨씬 허술한 버전이었는데, 그래도 너무 귀여운 거예요. 뒤집어쓰면 나름 사랑스러워 보이더라고요. 그걸 쓰고 일하니까 마치 다른 사람이 된 것 같고 너무 좋았어요. 근데…."

시바의 얼굴에 그늘이 드리우자, 다카기가 그 뒤를 이어 "이 세상에 알파커션군은 단 한 명뿐이라면서 본사에서 다 회수해 갔어"라고 덧붙였다.

"뭐, 우리로선 다행이었지. 잠깐만 방심하면 점장님이 그걸 자꾸 뒤집어쓰는 바람에 난리였거든. 무서워하는 손님들도 있고, 얼굴을 못 본다며 서운해하는 손님도 있고."

"익숙해지기만 하면 다들 좋아했을 텐데."

쓸쓸하게 한숨을 쉰 시바가 "그래서 이번에 저도 지원했었거든요. 인형 탈을 쓰고 싶어서, 이번에는 꼭! 이라는 마음으로. 근데 제가 박치라서…". 이렇게 말하고는 다시 얼굴에 그늘을 드리웠다.

"점장님은 봉오도리(음력 7월 15일에 마을 사람들이 모여 추는 일본의 전통 춤. 누구나 따라 출 수 있는 단순한 동작이 특징이다―옮긴이 주)도 제대로 못 춘다니까?"

이번에도 다카기가 받아쳤다.

"못 믿겠지? 율동 자체를 못 외우는 게 아니야. 동작은 다 아는데 묘하게 음악이랑 어긋나. 혼자만 슬로 모션이 걸린 것 같달까. 이건 그냥 리듬감이 없는 수준이 아니야. 근본적으로 전반적인 예술 감각이 뒤틀려 있다고 해야 하나."

"흐윽, 다카기 군. 뒤틀려 있다니. 어쩜 히로세 군이나 할 만한 그런 독설을…."

시바가 서글픈 목소리로 말하더니 마치 병마와 싸우는 미소년처럼 힘없는 미소를 지었다.

"아쉽게도 나는 알파커셔군 안에 들어가지 못했지만, 히어로에 대한 열정이 가득한 아키요시 군 같은 사람이 그 역할을 맡게 돼서 무척 기뻐요. 그러니까 힘내요."

쓸쓸해 보이는 미소에 다시 또 심장이 뛴다.

섹시하다는 표현으로도 왠지 부족한 듯한, 형언할 수 없는 신비로움이 흘러넘친다. 이런 생각이나 하고 있을 상황은 아니지만 '이 사람이 정말 평범한 편의점 점장이라고?'라는 의구심이 고개를 든다. 도저히 말이 안 되는 것 같다.

"점장님뿐만이 아니야. 빨강 할아버지도 여기 어딘가에서 응원하고 있을걸."

다카기가 말했다.

"난 말이야, 히어로가 되기 위한 티켓은 아무나 얻을 수 있는 게 아니라고 생각해. 그 티켓을 손에 쥔 사람은 그렇지 못한 사람들의 꿈까지 등에 업고 있는 거나 마찬가지야. 그렇다고 그걸 중압감으로만 받아들이면 안 되지. 어렵게 손에 넣은 기회인데 마음껏 즐겨야 하지 않겠어?"

"다카기…."

"어린 시절 나를 구해 줬던 마이토 너라면 분명 즐길 수 있을 거야."

다카기가 생긋 웃으며 말했다.

"뭐? 그게 무슨…? 혹시 너…"

말을 꺼내는 순간, 밖에서 비명이 들렸다.

"무슨 일이야!"

천막을 뛰쳐나가려던 순간, 마이토는 목 아래부터 발끝까지 알파커션군 모습을 하고 있음을 깨달았다. 서둘러 머리에 인형 탈을 쓰고 대기실 밖으로 나갔다.

"여기 남자분이 쓰러지셨어요! 어디 의료 관계자 안 계시나요?"

"아빠, 아빠!"

무대 가운데 쪽 사람들이 소리치는 모습이 보였다.

사람이 쓰러졌다고? 내가 의료 관계자다.

마이토는 웅성거리는 사람들을 향해 "죄송합니다, 비켜 주세요!" 하고 외쳤다.

"알퍼커션!"

등 쪽에 내장된 스피커에서 태평하기 그지없는 목소리가 흘러나왔다.

"비켜 주십쇼!"

"알퍼커션!"

커다란 스피커 소리에 마이토의 목소리가 묻힌다.

머리에 탈을 쓰면 자동으로 마이크가 부팅, 스피커와 연동되어 무슨 말을 하든 '알퍼커션!'으로 변환되도록 설정되어 있다는 설명을 들었던 것이 뒤늦게 떠올랐다. 이런 빌어먹을! 왜 이딴 기능이 있는 거냐고. 적어도 끌 수는 있게 해 줘야 할 것 아냐. 다급함에 인형 탈을 벗어 던지려던 순간 "알파커션군이다!", "어머, 웬일이야!"라며 술렁대는 주위의 반응에 아차 싶었다. 절대 비밀인 알파커션군 속 인물의 정체를 행사 당일에 들킬 수는 없었다.

"알퍼커션(제가 의료 관계자입니다)!"

"알퍼커션(죄송해요, 좀 지나갈게요)!"

최선을 다해 손짓발짓하니 사람들이 하나둘 길을 열어 줬다. 그곳에는 쓰러진 남자와 도움을 요청하는 여성, 그리고 엉엉 울고 있는 여자아이가 있었다. 필사적으로 달려들자 소리치던 여성이 흠칫 놀란 얼굴을 했다.

"알파커션군?"

인형 탈을 살짝 들고 얼굴을 가린 채 "의료인입니다. 응급 처치할 테니 구급차를 불러 주세요!" 하고 소리쳤다. 여성은 안도한 표정으로 "구급차는 이미 불렀어요!"라고 답했다.

"5분 안에 도착한답니다!"

인형 탈을 고쳐 쓴 마이토가 쓰러진 남성을 살핀다. 30대 후반, 키와 체격은 보통. 어깨를 통통 두드려 봤지만, 의식을 잃었는지 반응이 없다. 가슴과 복부를 확인한다. 움직임이 없다. 호흡 정지 상태라는 판단이 서자마자 곧바로 흉부 압박을 시작했다.

토끼와 거북이 노래를 작게 부르며 박자에 맞춰 심장 마사지에 들어갔다. 노래가 끝나면 다시 한번 반복한다. 인형 옷 안이 찜통처럼 뜨거워지고 있었다. 땀이 펑펑 쏟아져 온몸에 줄줄 흐르는 것이 느껴진다. 그때, 구급차의 사이렌 소리가 들렸다. 하지만 구급대원의 모습은 좀처럼 보이지 않는다. 누군가가 "길을 여세요! 비켜서요, 얼른!" 하고 외치는 소리가 들린다.

숨이 가빠 온다. 심장이 쿵쾅쿵쾅 요동치는 것이 느껴졌다. 그러나 아직 멈춰서는 안 된다.

"저, 간호사예요!"

마이토와 비슷한 나이대로 보이는 여성이 달려왔다.

"교대합니다!"

그때, 마침내 구급대원이 도착했다. 간호사 여성과 교대하기 직전, 환자는 구급대원에게 인계되었고 마이토는 조금 떨어진 곳에서 그대로 주저앉았다. 온몸이 뜨거웠다. 심장은 무섭게 뛰고 있었고 땀은 멈출 줄을 몰랐다.

"AED 장착합니다. 여러분 물러나세요!"

구급대원이 목소리를 높였다. 조금의 군더더기도 없는 움직임으로 세팅을 마치자 '전기 충격을 시작합니다. 모두 물러서십시오' 하는 기계음이 들린다. 곧이어 다시 심폐 소생술이 시작됐다.

"아빠."

가까이에서 울음소리가 들려 돌아보자, 여자아이가 눈물범벅인 채로 서 있었다. 초등학교 저학년이나 되었을까. 아빠가 위급한 상황을 목격한 조그마한 아이가 힘겹게 불안을 견뎌 내고 있었다.

무거운 몸을 억지로 일으킨 마이토는 여자아이의 어깨를 부드럽게 두드렸다. 아이가 새빨개진 눈으로 마이토를 본다.

"알퍼커션(괜찮아)."

양손의 엄지를 쭉 세워 보였다.

"알퍼커션(분명 무사하실 거야)."

여자아이가 마이토의 옷, 그러니까 알파커션군의 인형 옷 끝자락을 꼬옥 붙잡았다.

"의식이 돌아오고 있는 거 같아요!"

구급대원이 소리쳤다.

"선생님, 정신이 드세요? 괜찮으십니까?"

구급대원의 목소리에 아이의 아빠가 의식을 되찾았음을 알았다. 대원 중 한 명이 아이에게 다가와 "이제 아빠를 병원으로 모시고 갈 거야" 하고 말을 걸었다.

"조금만 힘내서 아빠한테 계속 말 걸어 줄래?"

"네!"

아이가 눈물을 훔쳤다. 그러고는 마이토를 올려다보며 "고맙습니다!"라고 인사하더니 아빠에게 달려갔다.

구급대원들이 남자를 들것에 싣고 떠났다. 크게 울리는 사이렌 소리에는 어떤 슬픔의 기운도 묻어 있지 않았다. 아이의 아빠는 분명 무사할 것이라는 직감이 들었다.

다행이다. 목숨은 건졌어….

이제야 전신에 안도감이 퍼진다. 그 자리에 털썩 주저앉아 온몸으로 한숨을 쉬었다.

"알파커션군, 멋있어!"

와아, 하는 함성과 함께 박수가 터져 나왔다. 깜짝 놀라 주위를 둘러보니 수많은 사람이 마이토를 향해 박수갈채를 보내고 있었다.

"눈 깜짝할 사이에 나타났어, 진짜 굉장하다."

"정말 대단해. 난 아직도 다리가 후들거리는데."

쏟아지는 칭찬에 부끄러워진다. 의료 관계자로서 당연히 할 일을 했을 뿐인데. 내가 아니더라도 분명 누군가가 최선을 다해 그를 구했을 것이다.

"아키… 아니, 알파커션군!"

어디선가 소리가 들리더니 무언가가 뒤에서 꽉 끌어안는 것이 느껴졌다.

"알퍼커션(누구야)?!"

"완벽해! 정말 최고라고. 역시 우리의 히어로 알파커션군!"

달려든 사람은 사이바라였다. 한순간에 함성이 폭발했다. 그럴 만도 하지. 아이돌이 이렇게 무방비 상태로 사람들 앞에 나타나다니.

"알퍼커션(뭐 하는 거예요)!"

"최고야. 너무 좋아!"

"알퍼커션(지금 이러고 있을 때가 아니라고요)!"

"사이바라, 진정해."

냉정한 목소리와 함께 등 뒤의 묵직함이 사라졌다. 뒤를 돌아보니 이마나미와 다른 스태프가 사이바라를 붙잡고 있었다.

"알파커션군, 이 이상 시끄러워지면 수습하기가 어려워집니다. 지치셨을 텐데 미안하지만 대기용 천막까지 뛰어가야겠어요."

마이토는 앞서 달리는 이마나미 무리를 따라 천막으로 달려갔다.

얼마 후, 시간이 조금 늦춰지기는 했으나 별다른 문제 없이 행사가 시작되었다.

한창 사이바라 아루의 토크 쇼를 진행 중일 때 이송된 남성이 무사하다는 연락을 받았고, 이미 분위기가 고조되어 있던 이벤트 회장이 더 큰 함성으로 가득 찼다.

그때 이상으로 반응이 뜨거웠던 순간이 알파커션군의 브레이크댄스 타임이었다. 사이바라 아루가 등장해 함께 춤을 추기 시작했을 때는 그야말로 흥분의 도가니였다.

익숙지 않은 인형 옷을 입고 죽을힘을 다해 춤추는 동안, 마이토는 꿈속에 있는 듯한 기분을 맛봤다. 수많은 사람의 응원을 받으며 스포트라이트를 받으며 춤추는 자신의 모습을 상상이나 했던가. 설마, 이런 날이 올 줄이야.

그런가 하면 '인생을 살다 보면 정말 많은 일이 일어나는구나, 방심하면 안 되겠어'라고 차분하게 곱씹는 자신도 있었다. 언젠가는 정말로 악의 무리의 공격을 받게 되지 않을까. 어쩌면 아직 히어로가 될 기회가 남아 있을지도 모른다.

비록 바보 같은 꿈이지만, 지금, 이 순간만큼은 그런 꿈을 꿔도 되지 않을까.

그런 생각을 하며 춤을 췄다.

행사가 끝난 후, 마이토는 관계자들의 뒤풀이에 초대받았다.

모지항에 있는 이자카야를 통째로 빌렸으니 주위 눈치 볼 필요 없이 편하게 놀 수 있다며 같이 가자고 제안한 사람은 시바였다. "나도! 나도 갈래요! 같이 가요! 시바 씨 옆자리는 제가 찜했어요!" 신이 나서 이렇게 외치던 사이바라는 정작 다음 스케줄 때문에 오지 못했다. "나도 갈 거야! 저도 나름 주인공이라고요? 보내 줘요, 네? 진짜 제발!"이라고 반쯤 울먹이며 떼를 썼지만 이마나미와 스태프들은 아랑곳없이 그를 끌고 갔다.

아담하면서도 정갈하게 꾸며진 가게에 모인 구성원은 시바와 다카기, 빨강 할아버지와 나카오, 히로세라는 이름의 텐더니스 모지항 고가네무라점의 남녀 직원. 그리고 목발을 짙은 수염이 덥수룩한 남자였다.

 각자가 주문한 맥주와 음료가 나오자, 기다렸다는 듯 시바가 자리에서 일어섰다.

 "여러분, 오늘 이 자리에 함께해 주셔서 감사합니다. 본사 영업 팀에게 오늘 이벤트와 관련된 얘기를 들었는데 오리지널 굿즈도 다 품절이고, 신제품에 대한 반응도 아주 좋았대요. 알파커션군의 데뷔 이벤트는 대성공으로 막을 내렸습니다. 저희 텐더니스 모지항 고가네무라점에서도 앞으로 최선을 다해 알파커션군 관련 상품과 굿즈 등을 판매할 예정입니다. 직원분들 모두 잘 부탁드립니다."

 짝짝짝 박수가 터져 나왔다.

 "제 인사는 여기까지고요. 오늘의 주인공이 건배 제의 한번 해 주시죠."

 시바가 마이토에게 "한마디 부탁드립니다"라고 말한다. 모두의 시선을 한 몸에 받으며 마이토가 자리에서 일어났다. "아, 그게…" 잠시 말을 고르더니 주변을 둘러보며 "오늘 이런 멋진 자리에 초대해 주셔서 감사합니다" 하고 고개 숙여 인사했다.

 "음, 저는 여기 있는 다카기의 친구예요. 2주 전쯤에 다카기의 제안으로 사이바라 씨와 면접을 봤었죠. 실은 합격이 결정된 후부터 계속 부담감에 시달렸고, 오늘 아침만 해도 도망갈 방법이 없을까 고민했어요."

하하하, 빨강 할아버지가 큰 소리로 웃었다.

"그렇지만 전 예전부터 히어로를 동경해 왔거든요. 사실은 오늘 너무 즐거웠습니다."

모두가 박수로 답했다.

"저는 고쿠라기타구에 살고 있습니다. 부끄러운 얘기지만 모지항에는 별로 와 본 적이 없어요. 다카기를 만나거나 조이풀에 갈 때나 오는 정도였죠. 이번 이벤트에 참가하면서 거의 매일 이곳을 오가고, 오늘 행사를 경험하면서 모지항이 정말 멋진 곳이라고 생각했어요. 환경적인 요인도 물론 훌륭하지만, 사람들이 따뜻하달까요."

행사가 끝난 후 옷을 갈아입고 있는데 자원봉사로 참가했던 이 지역 고등학생들과 만나 달라는 직원의 요청을 받았다. 인형 탈을 다시 챙겨 입고 그들 앞에 서자 모두 입을 모아 "감사합니다!"라고 고개 숙여 인사했다.

"사실 쓰러졌던 그분이 우리 고등학교 선생님이시거든요! 저희는 너무 당황해서 아무것도 못 했는데…."

"선생님이 무사하시다는 소식을 듣고 안도감에 눈물이 났어요. 선생님을 구해 주셔서 정말 감사합니다!"

"알퍼커션(아닙니다, 저는 딱히…)."

양손을 내저으며 자기는 별로 한 일이 없다는 뜻을 전했다. 그런데도 학생들은 몇 번이고 감사의 인사를 전하며 "앞으로 쭉 응원할게요"라고 말했다.

"분명 우리나라를 지키는 히어로가 되어 주실 거라 믿어요!"

말문이 막히고 말았다. 인형 옷 속에서 살짝 눈물을 흘렸다.

"우연한 기회로 이런 멋진 캐릭터를 맡게 됐습니다. 아직도 조금 긴장이 되는데요. 부족한 점이 많지만, 모지항 사람들에게 알파커셔넌군의 이름을 알릴 수 있도록 노력하겠습니다."

박수 소리가 다시 한번 터졌다. 꾸벅꾸벅 고개 숙여 인사를 하며 사이다가 담긴 잔을 손에 들었다.

"그럼, 다 같이 건배!"

"건배! 수고 많으셨습니다."

여기저기서 잔을 부딪치는 소리가 들린다. 마이토는 그 경쾌한 소리를 들으며 자리에 앉았다. 건배 제의가 끝나기를 기다렸다는 듯 빨강 할아버지가 "역시 내 눈은 틀리지 않았다니까"라며 마이토의 어깨를 감싸안았다.

"아까 그 일이 있을 때 나는 인파에 밀려서 현장에 가지도 못했어. 아무 도움도 줄 수 없어 낙담하고 있는데 자네가 딱 나타났지. 다행이라는 생각에 눈물이 다 나더라니까."

"인형 탈을 쓰고 있어서 눈에 띄었을 뿐인걸요."

"아냐, 만약 내가 그 안에 들어가 있었으면 눈에 띄기만 하고 아무것도 못 했을걸. 심폐 소생술을 알고는 있지만 다행이라면 다행이랄까 아직 실전에 써 본 일은 없었거든. 어쩌면 당황해서 제대로 대처를 못 했을지도 몰라. 그런 생각을 하니까 아찔하더라고."

수염이 덥수룩한 남자가 말했다. 마이토가 쳐다보자 쑥스러운 듯 웃으며 덧붙였다. "나는 의욕을 앞세워 알파커션군에 도전했다가 아킬레스건을 다쳐 버린 쓸모없는 인간이거든."

"나 자신이 한심하기도 했고, 분한 마음도 있었는데 자네가 알파커션군이 되어 다행이야, 진심으로. 고마워."

"아니에요, 그런 과찬을."

어쩔 줄을 모르겠다. "그렇죠? 맞아요!"라고 당당하게 말할 정도로 자존감이 높지는 않다.

그나저나 뭔지 모르게 매력적인 사람이었다. 사람을 끌어들이는 힘이 있다고 느끼며 남자를 바라보자 "아, 내 소개를 잊었네. 난 쓰기라고 해"라며 웃었다. 무서운 인상이라 성격도 거칠 줄 알았는데 웃는 얼굴에 정감이 넘쳤다. 민소매 셔츠 밖으로 드러난 근육질 팔은 운동으로 다져진 것이라기보다 노동자의 팔뚝에 가까웠다.

"쓰기 씨. 근육이 너무 멋있으세요."

"아, 그래? 고마워."

이두근에 힘을 바짝 주며 "멋있지?"라며 농담처럼 말했다. 장난기 가득한 말투가 재미있어서 마이토도 티셔츠 소매를

걷어 올리고 팔에 힘을 줬다. 매일 꾸준히 근육을 단련하고 있는 터라 주눅 들지 않고 자랑할 수 있었다.

"저도 봐 줄 만하죠?"

"오, 좀 하는데? 저기요, 빨강 할아버지 근육은 안 궁금하거든요? 이미 질리도록 봤으니까 이럴 때까지 안 나서도 돼요!"

세 사람이 팔 근육, 가슴 근육을 서로 자랑하고 있는데 멀리 떨어진 자리에서 "아, 나도 거기 있어야 했는데. 아루 군 보고 싶었다고"라는 목소리가 들렸다. 나카오가 아쉬운 듯 입술을 삐죽이고 있었다. 나카오의 옆자리에 빡빡머리를 한 히로세가 맥주를 마시며 "방송국에서도 왔었다면서요. 화제가 될 만한 소재니까 어디에서든 나오지 않을까요?" 하고 말한다.

"그런 게 아니야. 실시간으로 생생하게 보고 싶었다고. 같은 장소에서 아루 군이랑 같은 공기를 마시고 싶었어. 머릿속에 하나하나 새겨 두고 싶었는데. 그래도 아들한테 연락해서 녹화해 두라고 해야겠다. 모든 방송국 프로그램을 싹 다 녹화하라고 해야지."

이렇게 말하고는 곧바로 핸드폰을 두드리기 시작했다. 마이토의 시선을 느낀 히로세가 꾸벅 고개를 숙였다.

"이벤트 효과가 굉장해서 신스이 광장에서 좀 떨어진 저희 매장도 오늘 장사가 엄청나게 잘됐어요. 아마 주변 지점들다 매출 잘 나왔을걸요. 감사합니다."

"어, 그런… 아, 잘됐네요."

이 사람들, 신기할 정도로 너무 거리낌이 없다. 하나같이 처음 만난 사람들인데 옛날부터 친했던 것 같은 착각이 든다.

"사람들 참 괜찮지?"

마이토의 생각을 눈치라도 챘는지 빨강 할아버지 맞은편에 있던 다카기가 속삭이듯 말했다.

"어, 정말 그러네. 네가 왜 여기서 일하는지 알 것 같아."

마이토가 알기로 다카기가 가장 오랫동안 아르바이트 중인 곳이 텐더니스였다. 집에서 오토바이로 출퇴근하기 좋은 위치라 그런 줄만 알았는데 훌륭한 근무 환경이 제일 큰 이유였구나.

"그렇지? 여기에 있으면 마음이 편해."

헤헤, 웃은 다카기가 갓 나온 닭튀김을 덥석 입에 넣었다.

"그나저나 너도 좀 먹어. 배고플 텐데."

그러고 보니 마이토가 얘기하는 동안 자리가 부족할 정도로 테이블 빼곡히 음식이 차려져 있었다. 커다란 배 모양 그릇에 담긴 모둠회, 산더미같이 쌓인 닭튀김, 전갱이 튀김, 새우튀김, 문어 오이 초무침, 그린 샐러드. 초밥에 생선과 채소 조림, 녹차 소바까지.

"우와, 너무 호화로운데?"

"점장님 팬클럽… 아, 정식 명칭으로는 고가네무라빌딩 부녀회라고 하는데, 아무튼 거기 분들이 뒤풀이한다는 소식을 듣고 축하금을 보내셨나 봐. 아마 다른 요리들도 계속 나올 거야."

"진짜로?"

이제는 팬클럽의 존재를 의심하지 않는다. 시바를 보면 당연하다는 생각마저 든다.

"얼른, 팍팍 먹으라니까."

다시 권하는 말에 마이토도 다카기가 먹음직스럽게 베어 먹던 닭튀김을 집었다. 레몬을 듬뿍 뿌려 입에 넣는다. 감칠맛 가득한 육즙이 주르륵 흘러나오고 상큼한 레몬 맛이 뒤를 잇는다.

입안에 음식이 들어오고 나서야 무척 배가 고팠다는 사실을 기억해 냈다.

"그러고 보니 오늘 너무 긴장돼서 아무것도 안 먹었네."

"그러니까 먹으라는 거야."

자자, 다카기가 닭튀김을 마이토의 그릇에 덜어 놓는다.

"이렇게까지 안 챙겨 줘도 괜찮아. 너도 얼른 먹어."

"그냥 하게 둬."

다카기의 기분이 좋아 보인다. 뭐 가끔은 괜찮겠지, 싶어 순순히 닭튀김을 입에 넣는다. "그나저나 오늘 너 정말 멋있더라" 열심히 먹고 있는데 다카기가 감탄한 듯 중얼거렸다.

"그래?"

"어. 여전히 멋있어."

"뭐야, 왜 이렇게 칭찬할까?"

닭튀김을 하나 더 입에 욱여넣었다.

"나를 구해 줬을 때만큼 멋지더라고. 왠지 감격스러웠어."

"흐음."

입안에 닭튀김이 가득했다. 열심히 꼭꼭 씹어 삼킨다. 그리고 천천히 입을 열었다.

"… 아까 낮에도 그런 말 하던데. 대체 무슨 뜻이야?"

"사실 나도 알거든."

다카기가 민망하다는 듯 눈썹을 늘어뜨린 채 웃으며 말했다.

"네가 날 구해 준 진짜 히어로였다는 거."

3

우리의 우정,
그리고 히어로

모지중앙 고등학교의 입학식. 마이토와 다카기는 그곳에서 처음 만났다. 같은 반이었고 두 사람이 함께 학급 임원으로 임명되었다. 사실은 임명된 것이 아니라 가위바위보에서 졌을 뿐이지만.

"다카기 렌토라고 해. 잘 부탁한다."

예쁘장한 얼굴의 다카기를 본 마이토는 깜짝 놀라고 말았다. 요즘 한창 방영 중인 '기사전대 오리할콘'의 그랑비아 기사단장을 닮았잖아. 늘씬한 체격까지 기사단장이랑 똑같아!

"너 멋있다. 몸도 멋있고."

무의식적으로 튀어나온 말에 다카기는 순간적으로 불쾌하다는 듯 눈썹을 찌푸리더니 형식적인 말투로 "아, 그래"라고 답했다. 순수하게 칭찬한 것뿐인데 반응이 뭐 저래, 싶어 살짝 기분이 나빠졌다. 이렇게 사회성 없는 녀석이랑 같이 잘 해 나갈 수 있을지 불안한 마음도 들었다.

임원이 되자마자 문제가 생겼다. 입학 직후에 열린 신입생 환영 운동회 때문이었다. 어떻게 된 영문인지 마이토의 반에서만 감기가 유행하는 바람에 운동회 당일 무려 열 명이나 결석하는 사태가 벌어진 것이다.

"운동 잘하는 사람들이 결석한 친구들 몫까지 같이 뛰어 주면 안 될까?"

임원으로서 부탁해 봤지만, 입학한 지 얼마 안 돼 서먹서먹한 분위기 속에서 적극적으로 나서는 사람은 없었다. 담임은 방임주의에 가까운 남자 선생님이었는데 "인원 조정 잘 부탁해. 기권만큼은 피하고 싶으니까 어떻게든 선수 인원을 채워 봐"라는 말만 남긴 채 마이토와 다카기에게 모든 일을 떠넘겼다.

"내가 최대한 많이 나갈게. 탁구 A 경기, B 경기… 배구도 나갈 수 있겠다. 야구까지는 좀 힘들려나?"

대회 일정표를 보며 마이토는 출전이 가능한 시합에 동그라미를 그렸다. 다카기가 말도 안 된다는 말투로 "뭐라고?" 하고 되물었다.

"쉴 새 없이 뛰겠다는 거야? 아무리 그래도 너무 힘들 텐데."

"뛸 수밖에 없잖아."

마이토가 씨익 웃으며 답했다.

"대단한 일도 아닌데 뭐. 내가 못 나가는 여자부 경기는 다행히도 인원이 다 찼거든. 일단 탁구는 내가 두 경기 다 이기면 사실상 결승전이 없는 셈이잖아? 무조건 이길 거니까 괜찮아. 아, 그럼 배드민턴도 나갈 수 있겠다."

눈이 휘둥그레진 다카기는 믿을 수 없다는 듯 몇 번이고 눈을 깜빡였다. 그러더니 "상황이 이런데 기권한다고 해도 어쩔 수 없는 거 아냐?"라고 애써 말을 이었다.

"물론 담임 교사인 다시로 선생님이 그렇게 말하긴 했지만, 우리가 임원이라고 그거까지 책임질 필요는 없잖아. 감기로 결석한 친구들도 자기들 때문에 네가 무리한 걸 알면 마음이 불편할 텐데."

"담임 교사? 무슨 공문서도 아니고, 말투가 재밌다. 근데 난 딱히 책임감 때문에 애쓰는 거 아니야. 위기를 내 힘으로 멋지게 극복하면 히어로 같고 좋잖아."

마이토가 후후후, 웃었다.

중학교 2학년 때 히어로는 존재하지 않는다는 걸 알게 됐다. 그 일을 계기로 부모님에게 거칠게 반항하기 시작했고 아버지와는 지금도 대화를 거의 나누지 않는다. 그래도 여전히 히어로가 될 수 있다고 믿고 싶었다.

다카기가 또다시 눈을 깜빡였다. 그러더니 이해가 안 된다는 듯 "히어로라니 무슨 말이야?" 하고 물었다.

"그건…."

 말을 꺼내려다 입을 닫았다. 자신의 꿈을 이야기했다가 비웃음을 산 기억이 생생했다.

 "역경에 맞서는 자가 히어로… 그러니까 멋있는 남자 아니겠어? 나갈 사람이 없다면 내가 할 수 있는 데까지 해 볼게. 결석한 친구들 몫까지 해내면, 그래서 모두가 멋있게 봐 주면 최고 아니겠어? 완전 히어로가 되는 거잖아."

 표현을 바꿔 말하자 다카기가 "그러네"라며 깊게 고개를 끄덕였다.

 "그런 뜻이었구나. 일리가 있네. 좋아. 난 운동을 잘하진 못하지만 네가 그렇게까지 한다면 나도 참가해 볼게."

 "무리할 필요는 없어."

 "나도 네가 말하는 히어로가 되어 보고 싶다는 생각이 든 것뿐이야."

 눈을 가늘게 뜬 다카기가 살짝 입꼬리를 올리며 답했다. 지금 웃은…건가? 뭐야, 생각보다 괜찮은 녀석이었잖아. 잠시 놀랐던 마이토는 이내 "그래 한번 해 보자!"라며 양손의 엄지를 치켜세웠다.

 "그래."

 다카기는 꼿꼿이 선 엄지를 신기한 듯 바라보다가 진지한 얼굴로 고개를 끄덕였다.

마이토는 말했던 대로 탁구에서 승리했고, 우승을 거머쥐었다. 압도적인 경기력을 보이며 이길 때마다 "좋았어!!!", "내가 최강이야!" 하고 큰 소리로 세리머니하는 마이토는 단연 눈에 띄었다. 참여에 소극적이던 반 친구들도 그 모습을 보았고 마이토 혼자 결석한 많은 선수의 몫을 하고 있음을 알게 되었다. 그러자 "필요하면 내가 나갈게"라고 나서는 사람이 한두 명씩 생기기 시작했다. 그렇게 생긴 단결력 덕분인지 마이토의 반이 전체 우승을 차지했다.

상장은 원래 학급 임원이 함께 받기로 되어 있었지만, 다카기는 "네가 받아"라고 딱 잘라 말했다.

"왜? 같이 올라가자."

"나는 배드민턴에서 지기만 했는데 뭐. 창피하잖아."

"무슨 그런 생각을 해. 음… 그래도 억지로 끌고 가는 건 좀 그런가? 그럼, 오늘의 스포트라이트는 제가 감사히 받겠습니다."

마이토는 운동장에 설치된 단상 위에서 당당하게 교장 선생님이 수여하는 상장을 받았다. 상을 받고 돌아서는 순간 "예에!!" 하고 승리의 포즈를 취했다. 마이토의 반 친구들이 웃음을 터뜨렸다. 다카기도 단상 아래에서 그런 마이토의 모습을 올려다보며 박수를 치고 있었다. 마이토는 상장을 옆구리에 끼고 "다카기!" 하고 크게 외쳤다. 양손의 엄지를 척 치켜세운 채로. 깜짝 놀란 다카기는 잠시 망설이다 엄지를 들어 화답했다.

그날 이후, 두 사람은 가까워졌다.

친해지고 보니 다카기는 무척 좋은 녀석이었다.

모지중앙 고등학교에 아슬아슬하게 합격한 마이토와 달리 다카기의 성적은 최상위권이었다. 마이토가 하루하루 수업을 따라가는 것조차 버거워한다는 사실을 알게 된 다카기가 공부법을 알려 주겠다고 나섰고, 인내심을 가지고 친절하게 마이토를 가르쳤다. 설명을 어찌나 잘하는지 이해가 쏙쏙 됐고, 칭찬도 아끼지 않았다. 조금만 성장해도 칭찬해 주니 자연스레 의욕이 샘솟았다.

그 덕분에 입학 후 첫 시험에서 당당히 꼴찌를 기록했던 마이토가 2학기 기말시험에서는 최하위권을 벗어났을 뿐 아니라, 중위권의 성적을 기록했다. 이제 아들의 성적은 되돌릴 수 없다며 포기하고 있던 마이토의 어머니가 크게 기뻐하며 따로 용돈을 챙겨 줄 정도였다. "친구한테 꼭 고맙다고 전해 줘. 부탁이니까 앞으로도 계속 친하게 지내 달라고"라는 말을 너무 많이 들어 지겨울 지경이었다.

어머니의 당부와는 상관없이 진심으로 고마움을 전했다. 다카기가 없었다면 끝까지 성적이 엉망이었을지도 모른다. 하지만 다카기는 "그냥 전에는 네가 공부하는 방법을 몰랐을 뿐이야"라며 아무렇지 않게 답했다.

"머리가 좋잖아. 요령만 알면 성적은 계속 오를 거야."

"그럴 리가, 나 완전 바본데?"

"무슨 소리야. 바보는 남한테 상처 주고도 그걸 모르는 인간들한테나 쓰는 말이야."

다카기는 여느 때처럼 태연한 얼굴로 "너는 가끔 이상한 얘길 하더라" 하고 덧붙였다. 그 모습을 본 마이토는 다카기야말로 히어로에 어울리는 사람이라는 생각을 했다. 남에게 선뜻 손을 내밀어 도움을 주고도 으스대지 않는 사람.

그야말로 히어로에 걸맞은 자질이었다. 이런 인상을 준 사람은 다카기가 처음이었다.

그런 다카기에겐 조금 특이한 면이 있었다. 마치 선을 그어 놓은 듯 거리감을 유지한다는 점이었다. 한번은 마이토의 엄마가 "언제 한번 다카기 군 좀 데리고 와. 늘 얘기만 전해 들었는데, 엄마도 네 공부 도와줘서 고맙다고 인사하고 싶어"라고 말하길래 집에 초대했더니 "그건 좀 어려울 거 같아"라면서 딱 잘라 거절했다. 쉬는 날에 밖에서 만나자고 하면 할 일이 있다고 했고, 학교 끝나고 놀러 가자고 해도 늘 사양했다. 자기는 따로 볼일이 있다길래 아르바이트하냐고 물으면 고개를 저었다. 혹시 집이 엄한 건지 물어보고 싶었지만, 무례한 질문이 될까 봐 그만두었다. 개인의 집안 사정은 민

감한 문제일 수 있기 때문에 함부로 물으면 안 된다는 것이 마이토의 지론이었다. 누구에게나 쉽게 털어놓을 수 없는 부분이 있지 않은가. 입 밖에 꺼내기 어려운 이야기들. 마이토에게 있어 히어로의 이야기가 그렇듯이 말이다.

그리고 다카기는 식사에 유달리 흥미가 없어 보였다. 점심 식사는 언제나 학교 매점에서 대충 고른 빵과 우유 한 팩이 전부였다. 식욕이 왕성했던 마이토는 사전만큼 두툼한, 엄마가 싸 준 도시락을 다 비우고도 부족해 빵이나 컵라면을 추가로 먹곤 했기 때문에 다카기의 음식에 대한 무관심과 적은 식사량에 매번 놀랐다.

"정말 그것만 먹어도 괜찮아? 내가 싸 온 햄버그스테이크 좀 먹을래? 우리 엄마표 햄버그스테이크 진짜 맛있는데."

"아니, 안 부족해."

괜찮은 척 거짓말을 하는 것 같지도 않았고, 딱히 배가 고파 보이지도 않았다. 지극히 담담하게, 맛이 있어 보이지도, 없어 보이지도 않게 빵을 베어 먹고 나면 그걸로 식사는 끝이었다.

"다카기, 그렇게 먹으니까 자주 감기에 걸리는 거야."

밥 좀 팍팍 먹고 체력을 길러 봐. 마이토가 이렇게 충고하면 다카기는 마치 생전 처음 그런 말을 들어 본 사람처럼 눈이 휘둥그레져서는 "어? 어… 그래"라며 애매하게 답할 뿐이었다.

　다카기라면 분명 다양한 내 모습을 이해해 주겠지? 마이토가 이런 생각을 하게 된 것은 고등학교 1학년 겨울이었다. 입학했을 때부터 늘 함께했다. 이제는 믿을 수 있었다.

　마이토는 다카기에게 히어로 전사 군단 시리즈를 좋아한다고 털어놓았다. 지금도 일요일 아침이면 설레는 마음으로 TV를 켠다고. 방에는 히어로 피규어들이 늘어서 있고 노래방에 가면 그 주제곡을 열창한다고. 결정적 포즈와 상징적인 대사들을 똑같이 따라 할 수 있다고.

　이 모든 걸 고백하고도 자신이 진심으로 히어로를 동경하며 언젠가 히어로가 되고 싶다는 말만큼은 주저하던 마이토에게 다카기는 "좋겠다"라는 말과 함께 옅은 미소를 보였다.

　"그렇게까지 좋아하는 대상이 있다니 멋지네. 부럽다. 나는 딱히 없거든. 라이트 노벨, 만화, 애니메이션 다 두루두루 좋아하긴 하지만 일상이나 삶의 방식에까지 영향을 줄 정도는 아니야. 잠깐 빠졌다가도 몇 개월 지나면 금방 다른 콘텐츠로 옮겨 가게 되더라고. 어떨 때는 책장 깊은 곳에 처박아 놓고 까먹고 있다가 우연히 발견하기도 해. 아, 옛날엔 열심히 봤는데… 생각하면서. 마이토는 평생 함께할 무언가를 벌써 찾았구나."

　이렇게까지 있는 그대로 받아들여 준 사람은 처음이었다.

다들 난처한 기색으로 "아직도 그런 걸 좋아하는구나"라며 쓴웃음을 지었다. 심지어 친부모도 마찬가지였다. 아빠는 가끔 "작작 좀 해!"라며 화를 내기도 했다. 언제까지 붙잡고 있을 건데! 아직도 애들 보는 거나 보고, 제정신이야? 그렇게 언성을 높일 때마다 아버지와의 골은 점점 더 깊어졌다.

아, 진작 말할걸. 이제야 털어놓은 게 후회될 정도로 기분 좋은 다카기의 반응이었다.

"괜히 고맙네."

쑥스러움에 말끝을 흐리며 감사를 전하자, 다카기가 어리둥절한 표정을 지었다.

"고맙다니, 또 이상한 소리. 그나저나 모처럼 얘기해 줬으니 나도 봐 볼까? 사실 나 그런 히어로 시리즈 같은 거 한 번도 본 적 없거든. 네가 추천 좀 해 줘."

"… 당연하지! 꼭 해 줄게!"

그러고 얼마 안 있어 다카기는 마이토가 추천한 작품을 끝까지 정주행했다. 어느 날 아침, 등교하자마자 "나 그거 봤어!"라며 말을 걸었다. 심지어 감상과 의견을 적은 노트까지 가지고 왔단다. 그 노트를 휙휙 넘기며 이야기를 시작했다.

"좀 미안한 말이지만 사실 처음에는 어차피 애들이나 좋아할 내용이겠지, 하는 생각에 기대도 안 했거든? 근데 완전히 뒤통수 맞은 기분이더라, 좋은 의미로 말이야. 복선을 까는 방식도 그걸 회수하는 방식도 훌륭해. 악당 우두머리 캐릭터도 개성 있고 멋지던데? 와, 생각보다 훨씬 깊이 있더라."

보면서 메모해 두었다는 노트에는 빼곡하게 글씨가 채워져 있었다. 그 노트를 보는 것만으로도 마이토는 감동했다. 비웃기는커녕, 적극적으로 봐 준 것이다.

"그리고 네가 늘 하던 이거, 뭔지 알았어."

다카기가 양손 엄지를 세워 보였다.

"레드의 결정적 포즈, 맞지? 네가 왜 매번 두 손으로 엄지를 세우는지 궁금했는데 이제야 알겠다."

이걸 눈치채 준 사람도 다카기가 유일했다. 다들 "넌 꼭 양손으로 하더라?"라며 장난스럽게 말할 뿐이었다. 이 또한 눈물겹게 기뻤다.

주위를 둘러본다. 아침의 교실에서는 그 누구도 마이토와 다카기에게 시선을 두지 않았다. 뒤쪽에서는 농구부 남자애들이 드리블 연습 중이었고, 여자애들 몇 명이 "야, 먼지 나니까 바깥에 나가서 해!"라고 타박하고 있었다. 지금이라면 괜찮을 거다.

"왜 그래, 마이토?"

"그게… 너한테는 솔직히 말할게. 나 실은 히어로가 되고 싶어."

다카기라면 절대로 웃지 않을 것이다. 이 녀석만큼은 날 바보 취급하지 않을 거야.

그래서 모든 걸 고백하는 게 부끄럽지 않았다.

"언젠가 기적이 일어나면 나도 히어로가 될 수 있을지 모르잖아. 그때가 되면 멋지게 변신해서 싸울 거야. 그날을 위해 열심히 준비 중이고, 각오도 되어 있어. 물론 이런 건 TV 속에서나 가능한 얘기일 뿐, 현실적이지 않다는 거 알아. 아는데, 그래도 포기가 안 돼."

조금 전까지 다정한 얼굴로 이야기하던 다카기의 표정이 갑자기 딱딱하게 굳었다.

"히어로?"

"그래, 히어로. 슈트 액터 같은 배우가 되겠다는 뜻이 아니야. 그런 게 아니라 진. 짜. 히어로말이야."

"… 히어로가 돼서 뭘 하고 싶은데?"

"뭘 하고 싶냐니, 당연히 사람들을 구해야지. 악의 무리와 곤경으로부터 사람들을 지켜 줄 거야."

이렇게 노트에 정리까지 해 온 너라면 내 마음 이해해 줄 거야. 그렇지? 이런 마음을 담아 눈을 마주치는데 다카기가 질렸다는 듯 "진심으로 하는 말이야?"라며 인상을 찌푸렸다.

"그런 제멋대로의 선의가 네 꿈이라고? 듣고 싶지 않으니까 그만해."

귀를 의심했다. 들떠 있던 마음이 찬물을 뒤집어쓴 것처럼 얼어붙는다. 제멋대로의… 선의?

"예전에 네가 나한테 히어로는 '멋진 남자'라는 뜻이라고 했었어. 그래서 난 네가 그런 시리즈물을 좋아하는 것도 멋진 남자들이 나와서 활약하기 때문인 줄 알았지. 근데 뭐? 현실 속의 히어로? 그건 자기만족 그 이상도 이하도 아냐. 곁에 있는 사람조차 구하지 못하는 세상인데, 그런 건 허황한 꿈일 뿐이라고."

진정한 히어로라니, 그런 바보 같은 소릴. 다카기의 마지막 중얼거림에 분노가 폭발했다.

"뭐가 어쩌고 어째? 네가 뭔데 바보 취급이야!"

정신을 차려 보니 자리를 박차고 일어나 소리를 지르고 있었다. 마이토가 다카기보다 10센티미터 정도 키가 컸기 때문에 내려다보는 꼴이 됐다.

"그딴 소리나 들으려고 얘기한 줄 알아?!"

집에서도 울컥해 고함을 친 적이 있긴 했지만, 어디까지나 자신의 꿈을 짓밟고도 뻔뻔한 태도를 보이던 아버지에게만 해당하는 일이었다. 지금껏 누구에게도 이런 식으로 말한 적 없다. 학교에서는 언제나 밝고 씩씩한, 한결같이 다정한 아키요시 마이토였다. 그런 마이토의 폭발에 시끌벅적하던 교실은 찬물을 끼얹은 듯 고요해졌다.

화를 주체하지 못하는 마이토의 차가운 시선을 다카기는

조용히 받아 낼 뿐이다. 그의 얼굴에 실망감을 닮은 표정이 어렸고, 그 모습이 마이토의 화에 기름을 부었다. 왜 네가 충격받은 것처럼 구는데. 내 소중한 꿈을. 이 친구만큼은 믿을 수 있을 거란 내 마음을 네가 다 짓밟아 놓고 대체 왜!

다카기는 무언가를 말하려는 듯싶더니 이내 입을 닫았다.

사과도, 변명도 하지 않았다. 살짝 고개를 떨군 채 자기 자리로 돌아갔을 뿐이다.

"괘, 괜찮아? 무슨 일이야?"

가까이 있던 여자아이가 말을 걸었다. "별일 아니야" 자신이 뱉은 퉁명스러운 말투에 스스로 놀라 번뜩 정신이 들었다.

"미안. 그냥 의견 충돌이 조금 있었어. 다들 놀랐지? 미안해."

애써 웃음을 지으며 톤을 높여 말하자 농구공을 들고 있던 남자아이가 "어휴, 깜짝이야"라며 웃었다.

"아키요시도 화를 내긴 하는구나."

"화낸 거 아니라니까. 목소리가 좀 커지긴 했지만."

헤헤헤, 어색하게 웃으며 자리에 앉았다. 그러고는 속으로 소리쳤다.

뭐야. 대체 뭐냐고. 왜 그런 말을 한 건데!

눈물이 날 것 같았다. 다카기만큼은 이해해 줄 거라 믿었기 때문에 배신당한 기분이 들었고, 그래서 슬퍼졌다.

불과 몇 분 전까지만 해도 히어로가 되고 싶다고 거창하게 떠들어 놓고 순간적인 감정조차 다스리지 못해 난리를 피운 자신이 한심했다. 다카기는 내가 이런 놈인 줄 알고 있어서 그런 말을 한 걸까. 그런 거면 그렇게 말하면 되잖아. 어려운 수학 문제 푸는 법을 알려 줄 때처럼, 고어를 해석하는 방법을 설명할 때처럼 차분하게 말할 수 있잖아. 그럴 수 있는 녀석이잖아. 내 부족한 점을 알려 줬다면 나도 귀 기울여 들었을 것이다.

도대체 왜 그렇게 나한테 매몰차게 구는 건데.

마이토는 다카기 쪽을 바라봤다. 대각선 앞쪽에 앉은 다카기는 끝내 돌아보지 않았다.

그렇게 두 사람은 멀어졌다.

입학했던 봄부터 겨울까지 쭉 함께였던 친구가 없어지자 무척 쓸쓸했다. 항상 옆에 있던 다카기의 존재가 사라지자 마치 팔 한 짝이 떨어져 나간 듯한 기분이었다.

외로운 마음에 좋아한다고 고백한 같은 반 여자아이와 사귀기 시작했다. 그러나 봄이 채 끝나기도 전에 차였다. 체육 수업 중에 발목을 삔 다른 여자애에게 어깨를 빌려 준 것이 화근이었다. "어떻게 내가 빤히 보고 있는데 그럴 수가 있어?"라며 쏘아붙였다.

2학년이 되자 다른 반이 되었다. 매일 보던 다카기였는데 얼굴조차 보지 못하는 날도 있었다.

외로움을 달래기 위해 또 다른 여자아이와 사귀었지만 마치 누군가 끝을 정해 놓기라도 한 것처럼 단기간에 차이고 말았다.

다카기는 혼자서 유유히 생활했다. 가끔 고백을 받았다는 소문이 들려 왔지만, 다카기의 옆자리를 차지한 여자는 한 번도 보지 못했다. 여자뿐 아니라 남자도 마찬가지였다. 다카기는 늘 혼자 책을 읽고, 빵과 우유로 점심을 때우고, 가끔은 몸이 안 좋다는 이유로 결석하면서 그렇게 조용히 학교생활을 했다.

고등학교 3학년이 되고 새로운 봄이 찾아왔지만 두 사람의 관계는 여전히 평행선이었다. 그때쯤엔 마이토도 기대를 버렸다. 다카기와 예전처럼 지내는 날은 오지 않을 거라 체념하고 있었다.

그러나 체념한 것이지, 이해한 것은 아니었다. 마이토의 성적은 조금씩 좋아졌고 3학년 때는 20등 이내를 유지하고 있었다. 요령만 파악하면 더 잘할 거라는 다카기의 말대로였다. 고등학교 1학년 때 부모님은 물론 자신도 기대하지 않았던 자기 능력을 다카기는 알아주었다. 그 생각을 떠올리면 이런 귀한 친구를 왜 그런 식으로 놓아 버렸는지 후회가 밀려왔다. 그렇다고 단 하나뿐인 소중한 꿈을 무시했던 다카기를 용서한 것은 아니었다. 그때 왜 그런 말을 한 거야? 그 말만 아니었다면 우린 지금도 사이좋은 친구로 남아 있을 텐데.

1학기의 시작을 알리는 날, 체육관에 들어서는 학생들 사이에서 다카기를 발견했다.

올해도 다른 반이구나. 무심코 다카기의 뒷모습을 좇던 마이토는 왠지 모를 위화감을 느꼈다.

왜 점점 더 말라 가는 거 같지?

교복이 유난히 헐렁해 보였다. 원래 마른 체형이긴 했지만 저렇게까지 야위지는 않았는데.

왁자지껄 소란을 피우던 무리 중 한 명이 다카기와 부딪혔다. 가볍게 스친 것처럼 보였는데 다카기는 크게 휘청거리며 벽 쪽으로 쓰러졌다. 부딪힌 학생이 "미안" 하며 살짝 손을 들어 보이자, 다카기는 가만히 고개를 끄덕이는 걸로 답을 대신했다.

어어? 비틀거리는 거 같은데?

깜짝 놀랐다. 저렇게까지 연약하다고?

반사적으로 달려가 다카기의 어깨를 붙잡았다. 역시, 너무 말랐어.

"무슨 일이야, 다카기. 왜 이렇게 마른 건데!"

귀찮다는 표정으로 고개를 돌린 다카기가 "아아…" 하고 마이토의 존재를 인식했다. 그러더니 느릿하게 마이토의 손을 뿌리쳤다.

"방학 때 독감에 걸려서 그래."

툭 한마디 내뱉고는 걸어가 버렸다.

마이토는 미처 다시 말을 걸 수가 없었다. 오랜만에 가까이에서 본 다카기는 마치 다른 사람 같은 얼굴을 하고 있었다. 자주 웃지는 않아도 이따금 입꼬리를 올려 부드러운 표정을 짓던 다카기의 흔적은 조금도 남아 있지 않았다.

무슨 일이 있었던 거야?

쿵쾅쿵쾅 심장이 요동치기 시작했다. 온몸의 피가 빠져나가는 듯한 기분이었다. 위험해 보인다. 상태가 심각했다.

아무리 봐도 다카기는 어떤 한계에 부딪힌 것 같았다. 무슨 연유인지는 알 수 없었다. 혹시 집안 문제일까?

하지만 다카기의 집안 사정을 물어볼 사람이 아무도 없었다. 마이토는 다카기가 어느 동네에 사는지조차 알지 못했다. 선생님을 찾아갔으나 개인 정보라 알려 줄 수 없다는 답이 돌아왔다. 달리 친한 사람도 없었.

고민 끝에 다카기와 같은 중학교에 다녔던 사람을 찾아보기로 했다. 그러자 타이밍이 좋은 건지, 나쁜 건지 지난달 헤어진 전 여자 친구가 같은 학교 출신이라는 사실을 알게 됐다. 그 친구는 누구보다 마이토를 굉장히 좋아해 줬고, 그 덕에 5개월이라는 역대 최장기간 동안 연애했다. 호감을 감추지 않는 모습에 안심하고 집에 초대했다가 다음 날 바로 이별 통보를 받았다. 벽에 가득한 피규어들을 전부 처분하면 계속 만나겠다는 조건을 걸길래, 그런 이유라면 이쪽에서 사양하겠다며 말다툼 끝에 헤어졌던 옆 반의 전 여자 친구 사토 구루미. 주뼛거리며 불러내서는 다카기의 집이 어디인지를 물었다.

"뭐? 피규어는 다 버렸으니 다시 만나자는 얘기하러 온 거 아냐?"

구루미는 허탈한 듯 혀를 차면서도 '미디어 돔 근처'라는 정보를 줬다. 핸드폰으로 지도를 찾아 "이 근처야"라고 가르쳐 줬다.

"엘레강트 힐이라는 꽤 비싸 보이는 건물에 살던데? 삼촌이던가? 무슨 친척이랑 산다더라."

"어떻게 그렇게 자세히 알아?"

"초등학교 때 같이 등교하는 그룹이었거든."

"삼촌이랑 산다니, 부모님은?"

"유치원 때 사고로 돌아가셨대."

부모님이 안 계셨구나. 그런 것도 모르고 있었다니, 또 한 번 놀랐다.

그러고는 과거 자신이 한 일을 후회했다. 별생각 없이 엄마 얘기를 꺼냈었지. 무신경하게 집에 놀러 오라는 말을 했다. 도시락을 자랑한 적도 있었던 것 같은데. 무엇보다 아빠에 대한 불평이 다카기에게는 배부른 투정처럼 들렸겠구나, 하는 생각이 들었다. 자기 말과 행동이 다카기에게 상처를 줬다는 생각은 조금도 하지 못했다….

'곁에 있는 사람조차 구하지 못하는 세상인데, 그런 건 허황한 꿈일 뿐이라고.'

1학년 겨울, 다카기가 했던 말을 떠올렸다.

대체 왜 그런 말을 한 거냐고, 곱씹고 또 곱씹으며 원망했었다. 어쩌면 다카기는 그런 말이 불쑥 튀어나올 정도로 꿈을 갖는 것조차 사치인 삶을 살았을지도 모른다….

"괜찮은 거야? 뭘 그렇게 넋을 놓고 있어."

힐끗 안색을 살피는 구루미에게 "미안해"라며 다급히 미소를 지어 보였다.

"혹시 그 지도 이미지 캡쳐로 받을 수 있을까?"

"진짜 별걸 다 해 달라네."

지도 이미지를 받은 다음 "미안, 고마워."라며 고개를 숙이자, 구루미가 "그게 다야?" 하고 의미심장한 표정으로 눈을 가늘게 떴다.

"어. 그… 미안하지만 피규어는… 안 버렸어."

자신의 부탁에 성의 있게 답해 준 사람한테 차갑게 말할 수는 없었다. 힘없는 목소리로 중얼거리자, 구루미가 과장되게 한숨을 내쉰 뒤 "됐어. 솔직히 진짜로 다 버렸을까 봐 조마조마하기도 했고"라며 고개를 으쓱였다.

"억지로 버리게 했다가 이상한 저주라도 걸리면 어떡해. 뭐 이렇게 된 거, 앞으로도 취미 생활 열심히 해." 피식 웃은 구루미는 교실로 돌아갔다.

그날 수업이 끝나자마자 마이토는 곧바로 엘레강트 힐로 향했다.

집까지 찾아가서 다짜고짜 무슨 말을 하려는 것은 아니었다. 다카기에게 상처가 될지도 모르니 그럴 순 없다. 그렇다고 가만히 있을 수도 없었다.

엘레강트 힐이라는 맨션은 구루미 말대로 꽤 고급스러운 분위기였다. 길가에서 힐끗힐끗 건물 안을 훔쳐보았다. 아무나 들어갈 수 없는 곳 같았다. 건물 주차장에는 고급 차들이 줄지어 있었다.

"부자였구나…"

다카기는 딱히 그런 이미지가 아니었는데.

항상 점심을 대충 때우는 모습에 무의식적으로 그렇게 생각한 건지도 모른다. 마이토는 자신의 편견을 깨닫고 부끄러워졌다.

주변을 둘러본다. 형사들처럼 탐문 수사를 할 수도 없고, 주변만 맴돌고 있으니, 산책과 다를 게 없다. 어슬렁어슬렁 돌아다니며 어떻게 할지 고민했다.

다카기를 위해 뭐라도 하고 싶었다. 문제가 있는 거라면 도와주고 싶다. 하다못해 같이 고민이라도 하고 싶었다.

작은 공원이 보여 안으로 들어갔다. 철봉과 미끄럼틀, 벤치 두 개가 전부인 공원에는 아무도 없었다. 벤치에 앉아 멍하니 하늘을 올려다보았다.

"어? 마이토잖아?"

어디선가 들려온 소리에 깜짝 놀라 돌아보니 구루미가 서 있었다.

"여기서 뭐 해? 혹시 다카기 군 집에 온 거야?"

엘레강트 힐을 가리키며 묻길래 "어…뭐" 하고 고개를 끄덕였다. "다카기에게는 말하지 말아 줘"라는 말을 덧붙인다.

"이런 얘기 일러바칠 정도로 친하지도 않은데 뭐, 말할 일 없어. 근데 무슨 일이야? 마이토가 다카기랑 친했던 거 1학년 때뿐 아니었어?"

"뭐 그렇긴 한데. 살이 너무 빠졌길래 신경이 좀 쓰여서."

구루미는 뺨을 긁적이며 "본인한테 직접 물어보면 되잖아?" 하고 별거 아니라는 듯 말했다.

"아, 그게… 싸우고 멀어진 거라."

"의외네? 너 제대로 사과할 줄 아는 애잖아."

"미안하단 한마디로 끝날 문제가 아니라서."

내가 잘못했다는 말로 쉽게 정리할 수 있는 일이 아니었다.

"흐음, 그래? 아… 다카기가 그렇게 마른 거, 아마 삼촌 때문일 거야. 중학교 때도 갑자기 살이 엄청나게 빠져서 난리 난 적 있거든."

구루미가 기억을 더듬듯 말했다.

"삼촌? 그게 무슨 말이야?"

"그게 말이지… 내가 얘기했다고 절대 말하면 안 돼?"

구루미가 노려보듯 바라보자, 마이토는 "말 안 해. 안 할게"라며 고개를 끄덕였다.

"엄청난 구두쇠야."

"뭐?"

"지독한 짠돌이면서 허세는 또 얼마나 부리는지. 옷이랑 물건은 그나마 사 주는데 먹을 걸 제대로 안 주나 봐. 우리 엄마가 학부모회 정보통 아줌마한테 들은 거니까 확실한 사실일 거야."

"밥을 제대로 안 먹인다는 말이야?"

"그래. 당시엔 아동 보호 기관에서 개입할 정도까진 아니었던 거 같은데 그래도 꽤 소란이 커서 이후엔 식사를 좀 잘 챙겨 준 모양이야. 평범한 체격으로 돌아왔었거든. 어쩌면 예전처럼 밥을 잘 안 주는 거 아닐까."

그런 거면 너무 안됐는데, 라며 구루미가 눈썹을 찌푸렸다.

"아니… 세상에, 어떻게 그걸 알고도 그냥 둘 수가 있어?"

마이토가 저도 모르게 소리를 질렀다.

"말이 되냐고! 밥을 못 먹어서 삐쩍 말라 가는 걸 알고도 모른 척했단 말이야?"

"그럼 뭐! 내가 뭘 어떡해? 다카기 군 집에 찾아가서 요즘도 밥 제대로 안 주시나요? 하고 따지기라도 하라는 거야? 내가 무슨 수로? 모르는 아저씨한테 무슨 말을 어떻게 하라는 거야?"

"담임 선생님한테 얘기라도 하든가, 그 정도는 할 수 있잖아!"

"저기요, 우리 이제 고등학생이에요. 고3이라고."

어이없다는 표정으로 구루미가 마이토를 바라봤다.

"식비가 필요하면 다카기가 알바를 하면 되잖아. 삼촌한테 먹을 것 좀 충분히 달라고 직접 말하면 될 일 아니냐고. 우리가 초등학생이면 나도 어른들한테 말했을 거야. 중학생 때 이런 문제를 알았으면 호들갑을 떨었을 수도 있지. 근데 이제 고3이잖아. 어른에 가까운 나이라고."

바보 아냐? 구루미가 내뱉듯 말했다.

"어쩌면 다카기 군은…."

"중학교 때처럼 누군가 자신을 구해 주길 바라는지도 모르지. 근데 내가 보기엔 그것도 바보 같긴 마찬가지야. 도움을 청할 수도 있고, 도망치는 방법도 있는데 아무것도 안 하고 있잖아. 다카기는 바보야."

흥, 코웃음을 치는 구루미의 얼굴을 마이토는 멍하니 바라봤다. 이렇게 매정한 애였던가? 이보다는 더 상냥한 성격인 줄 알았는데. 내가 사람 보는 눈이 없는 건가?

어느 쪽이든 슬펐다. 모든 것이.

"… 됐다. 무슨 일인지 알았으니까 이제 가."

"그래. 잘 있어."

구루미는 뒤도 돌아보지 않고 가 버렸다.

마이토는 휘청거리며 벤치에 주저앉았다. 심호흡을 반복하며 마음을 가라앉힌다. 분노가 사그라드는 대신 눈물이 흘렀다.

'곁에 있는 사람조차 구하지 못하는 세상인데, 그런 건 허황한 꿈일 뿐이라고.'

다카기, 미안해. 나는 그저 꿈만 꿨을 뿐 현실을 조금도 보지 못했어. 바로 옆에 있는 너의 고통을 하나도 모른 채 이상만을 늘어놨어. 화날 만도 해. 내가 말한 히어로는, 정말 바보 같은 거였어.

'바보는 남한테 상처 주고도 그걸 모르는 인간들한테나 쓰는 말이야.'

언젠가 다카기가 했던 말이 맞았다. 나는 다카기를 상처 주고 있다는 사실을 몰랐다.

눈물이 그치지 않는다. 스스로가 한심해서 사라져 버리고 싶었다. 난 히어로가 될 수 없어. 어렵게 얻은 소중한 친구에게 상처를 줘 놓고, 나도 상처받았다며 멋대로 떠나 버렸다. 신경이 쓰였는데도 계속 거리를 뒀다.

"미안해. 정말 미안…."

오랫동안 마이토는 움직이지 못했다.

눈물이 멎은 것은 해가 완전히 지고 난 다음이었다.

코를 훌쩍이며 오늘은 이만 집에 가야지, 하고 생각했다. 여기서 질질 짜고 있어 봤자 아무것도 변하지 않는다. 터벅터벅 걸었다. 울어서 지치기도 했고, 몸도 천근만근이었다. 어릴 때 히어로를 꿈꾸던 내 몸에는 열정의 샘이 있었다. 히어로가 되기 위한 자신의 원천이기도 했다. 그러나 이제 그 샘은 너무 작아져 있었다.

고쿠라역으로 향했다. 도중에 허기가 져서 규동 체인점에 들어갔다. 이런 상황에서도 아랑곳없이 배고픈 티를 내는 욕심 많은 뱃속이 얄미운 동시에 지금껏 다카기는 이 참기 힘든 허기를 억눌러 왔을지도 모른다는 생각에 다시 눈물이 차올랐다.

규동을 곱빼기로 주문하고 자리에 앉았다. 무심코 맞은편 자리로 시선을 돌린 마이토는 눈을 의심했다. 다카기랑 무척 닮은, 40대쯤 돼 보이는 남자가 있었다. 다카기의 아빠라고 하면 덥석 믿을 정도로 많이 닮은 모습이었다.

혹시 구루미가 말했던 다카기의 삼촌?

귀를 기울인다. 남자는 부하로 보이는 20대 남자와 함께였다. 두 사람은 맥주를 마시고 있었는데 취기가 올랐는지 목소리가 컸다. 관심을 기울이지 않아도 대화가 들릴 정도였다.

"우와, 전교 1등이라니 대단하네요. 역시 피는 못 속이는 건가 봐요."

"글쎄 같은 피라고 해도 동생 아들이니까. 내 피가 얼마나 섞였는진 알 수 없지."

"아녜요, 분명 다카기 선배를 닮은 걸 거예요."

젊은 남자가 헤실헤실 웃으며 하는 말에서 다카기의 성이 들렸다. 마이토는 확신했다, 이놈이구나.

"근데 정말 대단하세요. 아무리 사정이 딱해도 조카를 데려다 키우다니, 저는 죽어도 못할 거 같아요. 선배님은 조카를 키우느라 혼기도 놓치셨잖아요."

"중학교 2학년 때까지는 돌아가신 어머니가 돌봐주셔서 별로 힘들 건 없었어. 그래도 피가 이어진 조카니까 동생 부부를 생각해서라도 잘 키워야겠다는 마음뿐이었지."

다카기네 삼촌의 말은 은근히 자랑하는 투였다. 젊은 남자는 "진짜 대단하세요" 하고 팔짱을 끼며 감탄했다.

"저, 혹시 실례면 죄송한데요. 술김에 그냥 여쭤보는 건데 고등학교 3학년 남자아이를 키운다는 게 사실 보통 일이 아니잖아요? 그 또래 남자애들은 밥도 엄청나게 먹고, 여기저기 돈 들 데도 많고요. 아르바이트는 시키고 계세요?"

"어떻게 그래. 돈 걱정은 하지 말고 공부에만 집중하라고 했어."

"정말요? 너무 멋있다. 저는 절대 그렇게 못 할 거예요. 공부도 잘하니까 대학 진학도 염두에 두실 것 아녜요. 엄청나게 힘드실 텐데."

"애가 속이 깊어서. 어디든 가고 싶은 대학에 가라는 데도, 자기는 삼촌을 위해서 취업할 거래. 삼촌을 편하게 살게 해주고 싶다고, 그런 기특한 말을 하지 뭐야."

"이야, 진짜요? 조카분이 참 대단하네요. 역시나 다카기 선배의 교육 덕분이겠죠?"

젊은 남자는 과장되게 감탄하는 척을 했고, 다카기는 그 모습을 보며 작게 웃었다.

허어. 뭐지, 이게? 코앞에서 오가는 대화의 내용을 당최 믿을 수가 없다. 당신 다카기의 삼촌 아니야? 그 애랑 매일 얼굴을 마주하지 않냐고. 난 오늘 내 눈이 잘못된 줄 알았어. 어찌나 삐쩍 말랐는지 병에 걸린 줄 알았다고. 눈은 장식으로 달고 다녀? 이봐, 맥주나 마시고 있을 때야? 김치 먹지 마, 고기 추가하지 말라고! 그럴 돈 있으면, 먹을 음식이 있으면….

"주문하신 규동 곱빼기 나왔습니다."

마이토의 눈앞에 먹음직스러운 음식이 놓여 있다. 김이 모락모락 나는 밥과 고기가 듬뿍 담긴 규동이. 마이토는 그 덮밥을 들고 맞은편 자리로 성큼성큼 걸어갔다.

"저기요."

"응? 뭐지?"

큰 목소리로 말을 걸자, 다카기가 돌아본다.

"다카기 렌토 군의 삼촌 맞으시죠?"

"어? 맞는데 누구…."

어리둥절한 표정으로 마이토를 바라본다. 가까이서 보니 닮지 않은 구석이 많았다. 내가 아는 다카기는 이렇게 불쾌한 눈빛을 가지지도 않았고, 입매가 헐렁하지도 않았다. 머리칼도 훨씬 풍성하고 윤기가 흘렀다.

"여기요! 이거 좀 렌토 군에게 가져다주실래요?" 마이토는 손에 든 덮밥 그릇을 쓰윽 내밀었다.

"제대로 밥을 못 먹어서 그런지, 애가 말라비틀어졌길래요. 깜짝 놀랄 정도로 야위었더라고요. 점심도 맨날 학교 매점에서 코딱지만 한 빵 한 조각, 우유 하나로 때우고. 배가 찰 턱이 없는데 그것만 먹고 버텨요!"

긴장한 탓인지 생각보다 큰 목소리를 내고 말았다. 다른 손님들과 점원도 놀란 얼굴로 마이토를 보고 있다. 다카기와 함께 있던 젊은 남자는 김치를 먹던 입을 멍하니 벌리고 있었다.

"너, 뭐, 뭔가 착각하고 있는 모양인데!"

"렌토 군, 밥 좀 챙겨 주세요. 직접 사 주기 싫으면 이거라도요! 손도 안 댔으니까 가져다주세요. 저기 죄송한데 이것 좀 포장용 그릇에 담을 수 있을까요?"

얼떨떨한 표정으로 서 있는 점원에게 부탁하자 얼굴이 벌게진 다카기가 "너 대체 뭐야!"라며 자리에서 벌떡 일어섰다.

"무례한 것도 정도가 있지. 마치 내가 학대라도 하는 것처럼 함부로 말하지 말라고. 나도 다른 보호자들처럼 평범하게 보살피고, 먹이고 있어!"

"턱도 없이 부족해요! 이 곱빼기 규동으로도 배가 안 차요! 집에 가서 엄마가 만든 저녁까지 먹는다고요. 어떤 날은 야식까지 먹어요! 우리 아빠도 끝없이 먹는 절 보고 어이없어 하지만 그렇다고 먹지 말란 말은 절대 안 해요! 네 밥값 정도는 어떻게든 아빠가 벌어 올 테니 실컷 먹으라고 하신다고요. 그게, 그게 평범한 거죠!"

눈물이 났다. 억울함과 한심함이 뒤섞였다.

멋진 히어로가 되고 싶었다. 더 멋지게 다카기를 돕고 싶었다. 근데 이게 뭐람, 규동을 든 채로 내 먹성이나 고래고래 외치고 있다. 좋아하지도 않는 아빠 이야기까지 꺼냈다. 어쯤 이렇게 하는 짓이 하찮을까.

"제발 좀 부탁드려요. 제 친구 밥 좀 먹여 주세요. 밥은 맛있는 거라는 걸 알게 해 주세요. 이렇게 부탁드립니다!"

"이봐, 당장 그만두지 않으면 경찰 부를 거야!"

다카기가 자리에서 벌떡 일어나며 소리쳤다. 그러고는 잠시 주변을 둘러보며 자신을 향한 수많은 시선을 확인하더니 점차 사색이 되었다. 가방을 집더니 "갈래"라고 외친 뒤 가게를 뛰쳐나갔다.

"잠깐만요! 다카기 씨, 저기요!"

지금 이렇게 놓쳐 버리면 아무런 의미가 없다. 다카기에게 버려진 꼴이 된 젊은 남자가 따라가려던 마이토를 붙잡았다.

"학생, 진정해. 진정하자고. 쫓아가고 싶은 마음이야 이해하지만 이미 충분할 거야."

"네? 아니 그렇지만…."

"지금 상황을 보니까 어떤 사연인지 알 거 같네. 괜찮아. 진짜 괜찮다니까."

"앉아"라고 말한 남자가 조금 전까지 다카기가 앉아 있던 자리를 가리켰다. 그러더니 자신의 주머니를 더듬어 마이토에게 손수건을 건넸다.

"선배 조카랑 친구?"

"친구랄까, 같은 학교 학생이에요."

감히 친구라고 말할 수 있는 처지가 아니었다.

"그렇구나. 그나저나 너 되게 멋있더라. 그렇죠?"

남자가 카운터 안쪽에 있던 점원에게 묻는데, 어째서인지 나이가 지긋한 남성 직원이 눈물을 흘리고 있었다.

"진심이 저한테까지 전해지더라고요. 요즘 같은 시대에 밥도 못 먹는 아이가 있다니, 말도 안 되죠!"

"그러니까요, 말도 안 되죠. 아, 난 방금 도망친 다카기 씨의 부하 세구치라고 해. 반가워."

씨익 웃은 세구치가 "근데 그 규동 좀 내려놓지 그래? 손 엄청 뜨거울 텐데"라며 두 손에 들고 있던 그릇을 가리켰다.

"아… 앗 뜨거!!"

뜨거운 줄도 모르고 있었는데 정신을 차리고 보니 손바닥이 시뻘겋게 달아올라 있었다. 손이 뜨거워 허둥대고 있는데 눈물 맺힌 남성 직원이 얼음을 넣은 잔을 건넸다. 얼음 잔에 손을 대고 열을 식히며 "실례했습니다"라고 주변 손님들에게 고개 숙여 사과했다.

"욱하는 바람에…."

"아냐. 이해해. 친구는 굶주리고 있는데 그 보호자라는 사람이 고기에 술에 잔뜩 먹고 마시고 있으니 화날 만도 하지."

"그럼, 그럼" 세구치가 고개를 끄덕였다. "원래부터 짠돌이야. 아니 누가 큰 계약을 따 온 부하한테 밥 산다면서 이런 데를 데려오냐고. 아, 죄송합니다. 이런 데라고 말해 버렸네" 하고 밝은 목소리로 말하며 웃었다.

"어떡해요… 다카기네 집에 가서 사과하고 와야겠죠? 혼나고 있는 건 아닐까요…."

점점 엄청난 짓을 저지른 듯한 기분이 들었다. 내 생각 없는 행동이 또다시 다카기에게 상처를 줬다면 이제 나는 어떡해야 할까.

"괜찮을걸? 그 사람 짠돌이에 허세도 심하지만, 소심한 구석이 있거든. 조카한테 손을 올리거나 성질부리기보다 자기 체면을 어떻게 차릴지 고민하느라 바쁠 거야."

세구치는 상상하는 표정으로 허공을 쳐다보며 말하더니 "그래도 걱정이 되면 내가 살짝 도와줄게"라며 자리에서 일어났다. "결국 여기 밥값도 내가 내게 됐잖아"라고 투덜대면서 지갑을 열었다. "이 친구 몫까지 제가 계산할게요. 넌 든든히 먹고 가"라며 계산을 마쳤다.

"아, 그렇게까진…."

"괜찮다니까. 이런 일은 어른들의 몫이야. 친구랑 친하게 지내라."

세구치는 마이토의 어깨를 통통 두드리고는 서둘러 가게를 나섰다.

"저분한테 맡겨 둬."

당황해서 주뼛거리고 있자니 남자 직원이 다정한 목소리로 말했다.

"저 손님 말씀대로 이럴 때는 어른들이 나서는 게 맞아. 걱정하지 마. 규동 다 식었겠다. 다시 만들어 줄까?"

특별 서비스야, 직원이 웃으며 덧붙였다. 그 포근한 미소와 조금 전 등을 두드리던 세구치의 손길에서 느껴진 다정함에 마이토는 또다시 눈물이 날 것 같았지만 꾹 참고 "아니에요, 괜찮습니다" 하고 답했다.

"아직 따뜻하거든요."

"그래? 그럼 천천히 먹어."

마이토는 제대로 자리를 잡고 앉아 열심히 규동을 먹었다. 살짝 미지근해진 규동이 평소보다 조금 짜게 느껴졌다.

마이토는 그다음 날부터 일주일 동안 독감에 걸려 학교에 나가지 못했다. 잔병치레를 거의 하지 않았지만, 그래서 그런지 한번 걸리면 유독 증상이 심했다. 40도 넘는 고열이 계속되어 왕성했던 식욕도 어쩔 수 없이 잠잠해졌다.

오래간만에 등교하니 같은 반 친구가 "강철의 체력 마이토도 독감 앞에선 장사 없네"라며 놀렸다.

"아니, 진짜 죽는 줄 알았다니까."

실실 웃으며 농담으로 넘겼다. 그러나 내심, 이렇게 심하게 앓았던 것은 자신의 무력함을 뼈저리게 실감했기 때문이라고 생각했다. 자신이 너무나도 한심해서 바이러스에 대한 저항력마저 사라진 것이 분명했다.

쉬는 시간에 넋을 놓고 있는데 "마이토 있어?"라며 구루미가 찾아왔다. 눈이 마주치자 나오라고 손짓한다. 지난번, 어색하게 헤어졌던 일을 떠올렸다. 설마 그날의 이야기를 다시 시작하려는 건가 싶어 마지못해 복도로 나갔다.

"이리 와 봐."

구루미가 인적이 드문 미술 준비실로 마이토를 끌고 가더니 "나 엄마한테 말했어"라며 빠른 말투로 말했다.

"뭐? 엄마한테 뭘."

"뭐가 뭐야! 당연히 다카기 군 얘기지!"

당장이라도 달려들 것 같은 뾰족한 말투로 답한다.

"우리 엄마, 고등학교에서도 학부모회 임원이야. 내가 얘기해서 엄마가 학교에 연락했어. 가정 환경을 확인해 봐야 할 학생이 있는 것 같다고. 양호 선생님이랑도 상담했고. 그저께 다카기 군을 담당하는 상담 선생님도 왔대!"

"구루미… 부모님과 선생님께 얘기해 줬구나…."

"그럼, 그렇게 경멸하는 눈으로 사람을 보는데, 어떻게 가만히 있어? 모처럼 용기 냈더니 정작 넌 독감으로 뻗기나 하고 말이야, 진짜 최악이야!"

이 씨! 구루미가 인상을 팍 찌푸렸다. 마이토는 자기도 모르게 예전 여자 친구였던 구루미를 꽉 껴안고 말았다.

"야, 너 이거 성추행이야!"

"고마워. 미안해. 진짜 고마워. 잘난 척 떠들어 대기만 하는 나보다 네가 훨씬 훌륭해. 구루미 네가 히어로야."

"뭐야, 이제야 내가 얼마나 멋진 여잔지 깨달았나 보지? 나랑 헤어진 거 평생 후회하라지!"

품 안에서 구루미가 발버둥 친다.

"후회해, 엄청나게 후회할게. 구루미 같은 멋진 여자랑 사귀다니, 난 정말 행복한 놈이었어!"

"됐어, 이 바보야!"

눈앞이 흐려지려는 것을 애써 참았다. 그날 이후로 눈물샘이 고장 난 것이 분명하다. 여기서 울어 버리면 꼴불견이니 꾹 참는다. 그래도 마음만은 기뻤다.

다카기가 마이토에게 말을 건 것은 5월의 연휴가 끝난 후 열린 체육 대회 때였다. 단거리 달리기에서 온몸을 던져 1위를 차지한 마이토가 자기 반 천막으로 돌아가려는 순간, 마이토를 불러 세웠다.

"여전히 대단하네."

학기가 시작하던 때보다 살짝 살이 오른 얼굴로 어딘가 민망한 듯 말했다. 여전히 마른 상태이긴 했지만 그래도 안심이 된다.

"그야, 뭐. 이따가 있을 계주에서도 내가 결승선을 끊을 테니 두고 봐."

"그렇겠지. 우리 반은 아니지만 응원할게."

다카기가 무슨 말을 덧붙여야 할지 모르겠다는 듯 눈을 이리저리 굴렸다. 마이토 역시 어떻게 대화를 이어 가야 할지 고민했지만, 마땅한 답을 찾지 못해 애꿎은 땅만 툭툭 찼다.

"저기, 다카기. 오늘 체육 대회 끝나고 집에 같이 갈까?"

1학년 땐 미안했어. 아무것도 모르면서 너한테 상처를 줘서 미안하고, 아무것도 모르면서 소리 지르고 다 아는 척 멍청한 소리만 늘어놔서 미안해. 하고 싶은 말이 산더미였지만 입 밖에 내지 못했다.

"… 그래. 그러자."

다카기가 웃었다. 쑥스러움과 어색함이 뒤섞인 웃음이었다. 그 미소가 "지난 일은 이제 다 잊자"라고 말해 주는 것 같았다.

"받아 주니까 기쁘긴 한데, 그래도 다카기. 정말… 괜찮아? 내가 예전에 심한 말을 했잖아…"

솔직한 사과는 미처 못 했지만, 이렇게 넘어갈 일은 아니라는 생각에 마이토가 물었다. 다카기는 "나야말로. 그런 식으로 말해 놓고 이제 와 이러는 것도 뭣하지만…"이라며 잠시 말을 고르더니 덥석 고개를 숙였다. 그 모습을 본 마이토도 덩달아 고개를 숙였다.

이것이 두 사람의 화해였다.

그때부터는 떨어져 있던 시간을 보상이라도 받으려는 것처럼 함께 시간을 보냈다.

같이 사는 삼촌에 대해 궁금할 때도 있었다. 이제는 괜찮은지, 식사 외의 다른 문제는 없는지, 알고 싶은 것이 많았다. 그러나 상담 선생님이 다카기와 충분히 대화하고 있다는 소식을 구루미에게 들었으므로 아무것도 묻지 않았다. 지금껏 식사 문제는 물론, 어떤 가정사에 대해서도 말한 적 없는 다카기였기에 함부로 묻는 것이 상처가 될까 조심스러웠다. 묻지 않는 것이 다카기를 지키는 방법이라 믿으며 그저 모르는 척 지냈다. 마이토의 생각이 맞았던 걸까, 다카기는 끝내 자기 이야기를 털어놓지 않았다.

다카기가 대학도 안 가고 취직도 안 하겠다고 한다며 선생님이 대신 설득을 부탁했을 때, 그때 딱 한 번 "왜 그런 결정을 했어?"라고 물었다.

"나, 실은 삼촌이랑 같이 살거든."

처음으로 다카기가 입을 열었다.

"부모님이 일찍 돌아가셔서 삼촌이 대신 키워 주셨어. 감사하는 마음이야 있지만 그래도 솔직히… 잘 맞지는 않아. 고등학교 졸업하면 나와서 혼자 살 생각이야. 그때부턴 나도 내 인생을 만끽해 보려고."

"만끽?"

"어. 한동안은 어디에도 얽매이지 않고 자유롭게 살고 싶어. 그때그때, 하고 싶은 일 하면서 가끔 여행을 다녀도 좋고. 인생의 여름 방학을 즐겨 보려고."

신이 나서 이야기하는 다카기의 모습을 보던 마이토가 저도 모르게 "그것도 괜찮겠네"라고 답해 버렸다.

"좋을 거 같은데? 그런 마음이라면 그냥 자유롭게 살아 봐."

똑똑하고 다정하고 강한 다카기. 조급하게 하나의 길을 선택하지 않아도 어떻게든 잘 해낼 것 같은 기분이 들었다. 다카기는 "역시 마이토는 이해심이 깊다니까"라며 기쁜 듯 입꼬리를 올렸다.

○

"네가 나를 구해 준 진정한 히어로라는 거 말이야."

다카기가 머쓱하게 웃었다.

"어…? 무슨? 내가 뭘 어떻게 했는데?"

이해가 되지 않았다. 고등학교 3학년 때 일이 떠오르기는 했지만, 다카기에게는 그 일을 언급한 적은 한 번도 없었다.

다카기가 알고 있을 리가 없다. 어리둥절해하고 있는데 다카기가 "모른 척할 필요 없어"라며 덧붙였다.

"나한테 다 알려 준 사람이 있었거든."

"설마! 혹시 그… 그거구나, 구루미가 말했지! 3학년 때 다카기랑 같은 반이었던…. 그건 그냥 걔가 스스로 선생님께 얘기한 거고 나는 딱히 한 것도 없는데?"

"오오, 아직도 발뺌한다고?"

후후후, 다카기가 의미심장하게 웃었다.

"사토 구루미. 맞아, 당시에 담임 선생님이 덕분에 내 사정을 알게 됐다고 슬쩍 말해 줬어. 그땐 나도 그런 줄만 알았고. 담임이랑 양호 선생님이 신경을 써 줬지. 상담해 주신 스모토 선생님도 너무 감사한 분이셨어. 스모토 선생님은 졸업한 후에도 많이 챙겨 주셨고, 나한테 식사의 즐거움과 소중함을 차근차근 알려 주셨지. 아, 그 전에 먼저… 우리 삼촌 얘기 좀 해도 될까?"

다카기가 물었고 마이토는 "물론이지"라고 고개를 끄덕였다. 다카기가 왁자지껄한 주변 사람들을 쓱 한번 둘러보더니, 이쪽에 관심을 보이는 사람이 없다는 걸 확인하고 조그맣게 말을 이어갔다.

"삼촌은 인색한 사람이었어. 엄청난 구두쇠인데 허세는 또 있어서 집이나 옷 같은 건 부족함이 없었지. 근데 다른 사람의 시선이 닿지 않는 집안에서는… 내가 뭘 먹을 때면 매번 트집을 잡았어. 또 먹냐, 아직도 먹냐, 뭘 그렇게 먹냐. 이 세 가지가 입버릇이었어. 죽어도 내가 배부르게 먹는 꼴은 못 보겠나 봐."

같이 밥을 먹을 때면 쓰레기를 보듯 쳐다봤다고 했다. 다카기가 맛있다는 한마디만 해도 "식탐만 많아서는", "식충이가 따로 없네"라며 눈살을 찌푸렸다. 다카기는 자기도 모르는 사이 식사를 괴로운 것으로 인식하기 시작했다.

"아파서 누워 있기라도 하면 '몸이 안 좋으니까 식욕도 없지?'라면서 내 의사는 묻지도 않고 밥을 안 줬어. 할머니가 살아계셨을 땐 삼촌 몰래 죽도 끓여 주시고 했는데 돌아가시고 난 후부터는 가차 없더라. 내가 뭐라도 만들어 먹으려고 하면 '몸도 안 좋다면서 밥 못 먹어 죽은 귀신이 붙었나'라면서 눈치를 줬어."

"너무하잖아…"

어느 정도 알고는 있었지만, 자세히 듣고 나니 역시나 열불이 났다. 오래전에 봤던 뻔뻔한 얼굴이 떠오르며 그때 더 독하게 쏘아붙여야 했는데, 하는 후회가 들었다.

"식욕을 부정당하는 말을 매일매일 듣다 보니까 무슨 저주라도 걸린 것처럼 점점 밥맛이 없어지더라. 허기를 느끼는 내가 징그럽게 느껴질 정도였어. 정신적으로 문제가 있다는 건 나도 의식하고 있었어. 그래서 누군가 도와주길 바랐지. 식사 시간을 좀 더 즐겨도 돼, 라고 말해 주길 기다렸어. 동시에 너무 창피해서 아무한테도 들키고 싶지 않다는 생각도 있었고. 아예 굶긴 건 아니었거든. '삼촌 말대로 난 밥만 축내는 식충이가 아닐까. 다른 사람들이 보기에도 내가 문제일지 몰라.' 이런 생각들 때문에 말을 못 했어. 무의식적으로 계속 숨기게 되더라고."

"다카기…."

두 사람이 만난 지 8년째. 이제야 비로소 다카기의 고백을 들을 수 있었다.

"한심하지? 나름 용돈도 주긴 했으니까 내가 알아서 사 먹으면 그만인데. 그때는 거기까지 생각이 미치질 않았어. 그래도 될 거라는 의식 자체가 없었으니까. 먹다가 들키면 삼촌이 또 식충이라고 구박할 텐데, 머릿속에 온통 이 생각밖에 없었거든. 그래서 네가 학교 끝나고 어디에 가자고 권해도, 햄버거를 먹으러 가자고 해도, 다 거절할 수밖에 없었어."

"미안, 아무것도 모르고 너무 무신경하게 굴었어. 미안해."

마이토가 깊이 머리를 숙였다. 간단한 사과로 끝날 일이 아니었다. 그때의 다카기를, 나는 결국 구하지 못했다.

"그렇게 말하지 마. 입은 꾹 닫고 누군가 눈치채 주기만을 바란 내가 어리석었어. 그런 주제에 히어로가 되고 싶다는 이야기에 혼자 욱해서 네 소중한 꿈을 부정하기나 하고…. 최악이지."

"아니야. 너에 대해 잘 알지도 못하면서 얼마나 괴로운지도 모르고, 사람을 구하는 히어로가 되겠다면서 황당한 소리나 떠들고 있으니 화내는 게 당연하지."

"하지만 너는 정말로 나를 구해 줬잖아."

고마워. 다카기가 머리를 숙인다.

"아니, 난 구해 줬다는 얘기 들을 만한 일을 한 적이 없다니까."

"세구치 씨가 다 말해 줬어."

"세구치…."

"역 앞 규동 가게에서 삼촌한테 이걸로 다카기 밥 좀 먹여 달라고, 내 친구 배 좀 안 고프게 해달라고 규동 곱빼기를 들고 울던 애가 있었다던데."

마이토가 할 말을 잃었다. 그때 만났던 그 젊은 남자…?

"고3 때, 어느 날부터인가 삼촌이 먹는 것에 대해 전혀 잔소리를 안 하기 시작했어. 나는 그냥 학교에서 가정 환경이랑 식사에 관한 확인 연락이 자주 와서 그런 줄만 알았지. 근데 그해 연휴에 세구치 씨가 집에 와서 슬쩍 알려 주더라고. 너희 삼촌이 변한 건 네 친구가 필사적으로 설득했기 때문이라고. 눈이 예쁜 건강한 체격의 아이였다길래 바로 넌 줄 알았어."

"그런 일이…."

"구루미한테도 들었어. 내가 감사 인사를 했더니 '고맙다는 얘기는 마이토한테 해'라고 하더라고. 자기는 마이토가 시키는 대로 한 것뿐이라더라."

다카기가 마이토의 손을 잡는다. 포동포동한 손으로 힘을 꽉 주며 말했다.

"그동안 고맙다는 말 못 해서 미안해. 솔직하게 털어놓지 못한 것도 미안. 이제야 모든 걸 인정하고 말할 수 있게 됐어. 그렇지만 줄곧 고맙게 생각해 왔어. 기쁘더라. 날 위해 싸워 줘서 고맙다. 날 지켜 줘서 고마워. 네가 날 구한 거야."

"아냐, 다카기."

말문이 막혔다. 그때의 한심스러운 모습들, 들키고 싶지 않았는데.

"네가 자주 말했잖아. 히어로가 될 수는 없다고. 아마도 네 자신감을 잃게 만든 건 나였을 거야. 미안해. 넌 이미 히어로였는데 나 때문에…. 하지만 이것만은 꼭 말하고 싶어. 넌 진정한 히어로야. 이미 오래전부터."

눈물이 왈칵 쏟아질 것 같아 고개를 들고 꾹 참았다. 이런 데서 울 수는 없다. 온몸에 힘을 꽉 주고 참아 본다. 아, 역부족이다. 역시 못 참겠어. 그렇지만 여기서 울긴 싫다고.

"화장실 좀 다녀올게!"

쓸데없이 우렁차게 소리치며 벌떡 일어났다. 시바가 "옆문으로 나가면 돼요"라며 안내해 준다.

"갔다 온다!"

다시 한번 선언하듯이 말한 뒤, 자리에서 벗어났다. 쿵쿵쿵 걸으며 화장실로 향하고 있을 때 출입구의 미닫이문이 열렸다.

"늦어서 죄송해요. 오늘 퇴근이 늦은 날이라…"

빼꼼히 얼굴을 내민 사람은 반짝반짝 빛이 나는 미소녀였다. 투명할 정도로 새하얀 피부. 작은 얼굴에 커다란 눈, 오뚝한 콧날, 앵두 같은 입술.

어찌나 놀랐는지 눈물이 쏙 들어갔다. 세상에 이렇게 말도 안 되는 미녀가 있다니. 대체 누구지?

"주에루짱 고생했어!"

테이블 쪽에서 나카오의 목소리가 들렸다. 주에루? 그렇다면 저 사람이 다카기가 말했던 그 살아 있는 여신…?

"괜찮아. 아직 음식도 많이 있고. 별로 안 늦었어."

"다행이다! 아 혹시 알파커션군…?"

마이토를 발견한 주에루가 깜짝 놀란 듯 자기 입을 가렸다. 뭐야. 말도 안 되게 예쁘잖아. 이렇게 예쁜 생명체가 있다니. 머리카락 한 올 한 올까지 예쁘다. 움직일 때마다 빛 조각이 흩날리는 듯한 기분이 들었다.

"아, 어… 네. 저는 그러니까, 아키요시 마…"

"주에루쨩!! 수고 많았어요!"

난데없이 엄청난 힘의 무언가가 쿵 하고 들이받는다. 몸이 튕겨 화장실 문에 쾅 부딪혔다.

트럭에 치이기라도 한 건가, 싶어 돌아본 곳에는 다카기가 서 있었다. 뺨이 살짝 붉어진 채로.

"주에루쨩은 나카오 씨 옆에 앉으면 돼! 아, 히로세 군, 점장님이랑 자리 바꿔. 주에루쨩 옆에 앉을 생각은 꿈에도 하지 말고."

다카기가 재빠르게 지시를 내린다. 어라? 조금 전까지 내 손을 붙잡고 연신 감사 인사를 하던 그 다카기는 어디 간 건데? 황당해하고 있는데 다카기가 획 돌아서더니 눈을 맞춰 온다.

"마이토 넌 얼른 화장실이나 가. 내가 대신 주에루쨩한테 네 소개해 둘 테니까 쓸데없이 말 걸지 말고, 알겠어?"

"아… 네."

너 다카기 맞아? 완전 딴사람 같잖아.

정신이 아찔할 정도로 빠른 전개에 멍해졌다.

"얼른 가라고. 아, 주에루쨩 이쪽으로 오세요. 자, 자, 빨리 자리들 만들어요. 당장! 히로세 군 잽싸게 안 움직여?"

"우쿨렐레! 제발 급발진 좀 하지 마."

마지못해 자리에서 일어난 히로세가 시바와 자리를 바꿔 앉았다.

"자기가 쓰던 접시랑 젓가락 챙기고! 사장님 죄송한데 우리 주에루짱이 쓸 접시랑 수저 좀 주세요."

시끌벅적한 분위기 속에서 다카기가 친구들 틈으로 들어간다. 문에 부딪혀 욱신거리는 이마를 문지르며 마이토가 그 모습을 지켜봤다. 저렇게 사람들에 둘러싸여 신나게 노는 다카기는 마치 다른 사람 같다.

저렇게 웃을 수 있는 녀석이었구나.

늘 고독하던 다카기는 이제 어디에도 없었다. 그 사실이 무척 기뻤다.

'넌 진정한 히어로야. 이미 오래전부터.'

조금 전 다카기가 건넨 말을 곱씹는다.

이렇게 네가 달라지는 데 내가 조금이나마 힘이 되었다면 그것만큼 기쁜 일은 없을 것이다. 그 한마디에 나는 구원받았다.

히어로가 될 거라는 꿈을 당당히 품고 살아갈 수 있다.

"고맙다."

나를 히어로로 만들어 준 친구의 뒷모습을 향해 조그맣게 속삭였다.

에필로그

요즘 들어 점장님의 상태가 이상하다. 아니, 제령 의식을 하겠다며 아키타에 다녀온 이후로 쭉 이상했다. 귀신이 제대로 떨어져 나가긴 한 거야?

히로세 다로의 눈에 시바 미쓰히코는 영 수상해 보였다.

의심스러운 부분이 한두 개가 아니었다.

예를 들면, 긴 머리 여자의 그림자가 보였다든가. 분명 매장에는 손님이 아무도 없는데 얼핏 그림자가 보였다.

예를 들면, 여자의 목소리가 들렸다든가. 직원도 손님도 모두 남자인데 높은 톤으로 낄낄 웃는 환청이 들렸다.

예를 들면, 자꾸만 시바의 등에 붙은 긴 머리카락을 발견한다든가. 혹시나 머리가 긴 여자 친구라도 생긴 건가 싶어 물어보니 "나 솔로인데?"라며 고개를 갸웃거렸다.

왠지 모르게 시바의 표정이 어둡다는 것도 또 하나의 이유였다. 항상 과할 정도로 반짝이는 미소를 뿌리고 다니는 사람인데 외롭고 슬퍼 보이는 옅은 웃음만이 스칠 뿐이다. 사정을 아는 텐더니스의 직원들이나 팬클럽 회원들은 "악귀를 쫓고 나서 많이 지쳤나 봐"라고 말했고 상황을 모르는 다른 팬들은 "그늘진 얼굴도 여전히 멋있다"라며 야단을 떨었지만 아무리 봐도 그렇게 넘어갈 수준이 아닌 것 같다.

아직 뭔가에 씌어 있는 것 같단 말이지.

그렇지 않고서야 말이 안 된다. 하지만 어찌 된 영문인지 이 사실을 눈치챈 사람은 다로밖에 없는 듯했다. 시바도 아키타에 가기 전처럼 심하게 초췌해 보이지는 않았다. "요즘 좀 피곤한 거 같네"라며 난처한 듯 눈썹을 살짝 늘어뜨릴 뿐이다.

어쩌면 아키타에서는 퇴마에 성공했으나 새로운 악귀가 씌인 것인지도 모른다. 다로는 내심 이렇게 생각했으나 아무 대응도 하지 못했다. 인터넷에서 퇴마 효과가 있다고 광고하던 '패브리 메이트'라는 탈취제를 시바의 등짝에 슬쩍슬쩍 뿌리는 정도밖에 할 수 있는 일이 없었다. 그마저도 몇 번 뿌리자, 시바가 "혹시 나한테서 이상한 냄새나?"라며 울먹이며 묻는 바람에 시바 팬들이 살기 어린 눈빛으로 노려봐서 그만뒀다. 있는지 없는지도 모르는 귀신보다 살아 있는 시바 팬들이 백 배는 더 무섭다.

오늘도 어김없이 일하는 도중에 어떤 여자의 기운을 느꼈다. 누군가 등을 쓰다듬는 감각에 뒤를 돌아보면 아무도 없다. 살짝 당황하자 어디선가 조롱하는 듯한 웃음소리가 들렸다. 옆 계산대에 있던 시바는 손님이 없어 그런지 멍하니 넋을 놓고 있을 뿐이다.

"점장님. 요즘 영 기운이 없어 보이시는데요?"

"어? 아, 미안해. 왜 그런지 잠자리가 영 불편해서. 어깨도 뻐근하고."

시바가 목덜미를 주무르며 말했다.

"마사지라도 한번 받아 봐요. 2층에 있잖아요."

"그럴까 봐. 어깨가 너무 굳어서 악몽을 꾸는 건가."

"악몽? 어떤 꿈인데요?"

갓 튀긴 간식거리들을 진열하며 묻자, 시바가 "검은 머리의 여자가 히죽거리는 걸로 시작되는데…"라며 꿈 이야기를 들려주기 시작했다.

"나한테 뭐라고 뭐라고 얘기를 하는데 무슨 말인지 들리질 않아. 그래서 몇 번이고 다시 묻다 보면 여자가 점점 화를 내기 시작하고 그때부터 서서히 얼굴이 시커먼 뱀으로 바뀌는 거야. 안광 없는 까만 눈에, 입이 시뻘건 뱀이 내 목을 칭칭 감으면서 귓속말로 'O일 남았네' 하고 속삭여. 어제가 7일, 오늘이 6일이었어."

집게로 집어 든 핫도그를 그대로 떨어뜨릴 뻔했다.

"네? 그거 무슨 카운트다운 같은 거 아녜요?"

"그런 거 같아. 앞으로 6일 뒤에 과연 무슨 일이 일어나려나."

"아니, 저기요! 엄청 무서운 얘기잖아요. 딱 봐도 좋은 일은 아닐 거 같은데!"

대체 왜 저렇게 태평한 거야.

"으음. 역시 그런가. 근데 별로 무섭진 않아. 그때까진 어떻게든 되지 않을까."

싱긋 웃는 시바의 모습에 다로는 현기증을 느꼈다. 틀림없다. 뭔가 무시무시한 악귀에 홀린 게 분명해. 그런데 이 사람은 어떻게 이렇게 아무렇지 않은 거냐고.

"아키타에 다시 가 봐야 하는 거 아니에요?"

지난번 악귀를 쫓아 준 곳에라도 다시 가 봐야지! 그러나 정작 본인은 "흠, 그러네"라며 강 건너 불구경이다.

"6일 후에 죽기라도 하면 어쩌려고요!"

"그건 좀 곤란한데. 난 아직 하고 싶은 일이 있거든. 사랑하는 사람도 다시 만나야 하고."

"뭐라고요? 지금 이 상황에서 쓸데없이 호기심 자극하는 얘기 좀 덧붙이지 마요. 거기까지 소화할 여력이 없다고요."

말은 이렇게 하지만 다로 역시 상품을 진열하는 손을 쉬지 않았다. 가끔 시바와 대화하다 보면 세상이 기이하게 뒤틀리는 듯한 착각이 든다. 지금까지의 인생에서는 있을 수 없던, 있을 것 같은 낌새조차 없던 신기한 일이 하루가 멀다고 일어난다. 어찌나 아무렇지 않게 일상에 파고드는지 이제 웬만해서는 동요조차 하지 않았다.

주차장에 버건디 색 자동차 한 대가 들어온다. 자동차 색보다 살짝 짙은 색의 운동복을 입은 여성과 티셔츠에 치노팬츠 차림인 남자가 나란히 차에서 내렸다. 여성은 몸이 안 좋기라도 한 건지 입구 언저리에서 사색이 된 채 멈춰 서 있었다. 그러더니 이내 주저앉았다. 그 와중에 남자와 뭐라고 이야기를 나누는가 싶더니 남자가 가게 안으로 들어섰다.

남자는 매장 물건들에는 눈길조차 주지 않고 "저기, 실례합니다"라며 곧바로 시바에게 걸어갔다. 저 사람도 팬인가.

두 사람은 짧은 대화를 나눴다. 남자가 장난감처럼 생긴 팔찌를 시바에게 건네자, 시바가 반색하며 그 팔찌를 손목에 찼다. 뭐야, 그냥 선물 주러 온 팬이었어? 아마도 여자가 시바 팬인데 너무 떨려서 남자한테 시킨 것 같다. 다로가 힐끗거리는 사이 시바가 "고마워요!"라며 만면에 미소를 띠었다. 오래간만에 보는 티 없는 웃음이었다. 한결 개운해 보였다.

"무슨 일이에요, 점장님?"

무심코 물었더니 "역시나 나 뭐에 씌었었나 봐. 제대로 보지는 못했는데 아마 여자였던 거 같아. 아키타에서 돌아왔을 때쯤부터 샤워하면 검은 머리카락이 어깨 위로 스멀스멀 흘러내렸거든. 배수구가 새까매질 정도로 떨어져서 곤란했다니까"라고 답하며 어깨를 쓱 문지른다.

"으아! 뭐예요, 무섭게!"

무의식적으로 뒷걸음질을 쳤다. 그 정도로 무서운 일을 당했으면서 왜 그렇게 태평했던 건데.

"모른 척하면 포기해서 떨어져 나갈 줄 알았지. 아무튼 잘 됐다. 정말 고마워요."

이제 막 악귀에서 풀려난 듯한 표정의 시바가 남자에게 감사 인사를 했다. 남자는 "사실은 저 친구가"라며 입구 쪽을 가리켰다. 조금 전까지 퍼렇게 질려 있던 여자는 시바의 미소를 본 순간 얼굴이 터질 듯 빨개지더니 코피를 흘렸다. 그대로 휘청거리며 쓰러진다.

"와카!"

남자가 서둘러 달려 나갔다. 그러더니 "소란 피워서 죄송해요. 얘가 오늘 쓸 체력을 다 써 버려서, 제가 잘 데리고 갈게요"라며 여자를 부축한 채로 고개를 숙였다.

"그리고… 아마도 얘가 귀신을 본 모양이에요. 전 아무것도 못 봤는데 커다란 검은 뱀이 목을 칭칭 감고 있었다고."

남자의 이야기를 들은 다로는 하마터면 비명을 지를 뻔했다. 커다란 검은 뱀?! 아까 시바가 말한 대로잖아.

"그래서 시바 씨를 어떻게든 도와야 한다고. 아, 그리고 그 팔찌를 준 스킨헤드 남자는 히코산에서 만났어요."

"세상에, 이렇게 고마운 일이…. 제 목숨을 구해 준 은인이시네요."

시바가 두 사람 곁으로 다가갔다. 남자의 도움으로 일어나 손수건으로 코를 막고 있는 여자의 얼굴을 들여다보며 "다음에 꼭 보답할 기회를 주세요"라고 말하자 여자가 "꺄아!" 하고 소리를 질렀다. 정신을 잃을 듯한 모습을 보며 다로는 역시 여자 쪽이 팬이었네, 하고 생각했다. 그것도 아주 열혈 팬. 그에 비해 남자는 태연한 태도로 "감사합니다. 오늘은 이만 가 볼게요"라고 담백하게 말한 뒤 여자를 데리고 나가더니 차를 타고 떠나 버렸다.

"이름이 와카구나. 어떤 한자를 쓰려나. 이게 다 와카 씨 덕분이야."

차를 배웅한 시바가 얼른 자리로 돌아왔다. 더할 나위 없이 가벼운 발걸음이었다. 잘은 모르겠지만 장난감처럼 보이던 아까 그 팔찌의 힘인 것이 분명했다.

"이게 있으니 이제 됐어."

시바가 기쁜 표정으로 팔찌를 쓰다듬는다.

"대체 그게 뭔데요?"

다로가 궁금함을 참지 못하고 물었다. 아무리 봐도 장난감 같은데.

"이거? 우리 형이 만들어 준 부적."

"네?"

"실은 나한테 가즈히코라는 형이 있거든. 사랑도 많고 참 매력적인 사람인데 정작 본인은 자기가 '번뇌 덩어리'라며 고민이 많아. 다시는 사랑 때문에 죄를 짓지 않겠다면서 전 세계를 떠돌며 수행 중이지."

시바가 문밖 너머로 시선을 돌렸다. 어둠이 내려앉은 거리를 바라보는 눈에는 애수가 가득했지만, 이런 말을 얌전히 듣고만 있을 다로가 아니었다.

"당최 무슨 뜬구름 잡는 소린지."

"형은 사랑이 너무 넘친다고 할까… 한마디로 말해 좀 자유분방한 마성의 남자야. 그래서 욕망을 버리고 깨달음을 얻고 싶은가 봐. 그렇게 수행을 거듭하더니 언젠가부터 희한할 정도로 영험한 부적을 만들게 된 거야. 지금까지도 늘 형이 만든 부적을 지니고 다녔는데 효력이 다했었나 봐. 그래서 이런 일을 당한 거지."

잠깐. 시바에게, 다른 사람도 아닌 시바 미쓰히코에게 저런 말을 듣는 남자가 세상에 존재한다고? 말도 안 돼. 그러나 시바 가문 사람이라면 가능할지 모른다. 둘째, 막내 할 것 없이 하나같이 심상치가 않잖아. 시바 가문이라면 그럴 만도 하다는 생각이 든다는 사실이 무섭다. 그나저나 저 집안 조상들은 대체 무슨 짓을 한 거지? 어떻게 하면 이렇게 희한한 능력을 지닌 인간들만 줄줄이 낳을 수가 있냐고.

그뿐만이 아니다. 영험한 부적을 만들 수 있다는 건 또 뭔 소린데.

아아, 걸고 넘어지고 싶은 부분이 한두 군데가 아니다.

어안이 벙벙한 채로 있던 다로가 정신을 차렸다.

"일단 알겠어요. 자, 차근차근 정리해 보죠. 일단, 아까 그 사람들은 점장님의 형님이랑 아는 사이인 거예요?"

"음? 아마 아닐 거야. 악몽을 꿀 때 '조금만 더 기다려~' 하는 형의 목소리가 갑자기 끼어들더라고. 아무래도 나한테 부적을 전달해 줄 사람을 찾고 있었던 모양이야."

"네? 네에? 목소리가 끼어들어요? 아니, 그게 아니고. 하아, 도저히 안 되겠다. 처음부터 하나도 못 알아듣겠네. 전달해 줄 사람은 또 뭐고요. 형님이 직접 가져다주면 되잖아요?"

역시 아까 그 두 사람을 그냥 보내는 게 아니었다. 차라리 그 사람들한테 물어봤어야 하는데. 이해할 수 없는 것들이 차고 넘쳐서 다로는 슬슬 짜증이 나기 시작했다. 그러거나 말거나 시바는 초연하기만 하다.

"소원이 이뤄지려면 어떤 맹세 같은 게 필요하대. 예를 들어 혈연들과 접촉하지 않는다든가, 연락을 끊는다는가, 고기를 먹지 않는다든가. 신에게 그런 맹세를 하면 잘 이뤄진다고 아주 오래전에 형한테 들은 적이 있거든. 그 정도의 노력이 아니면 다스릴 수 없는 번뇌가 있다나 봐. 분명 많이 힘들겠지."

시바는 해맑은 얼굴로 "난 번뇌 덩어리인 형도 좋아하지만" 같은 말이나 하고 있다.

모르겠다. 도무지 모르겠어.

다로는 소리치고 싶은 마음을 애써 억누르며 깊은 한숨으로 대신했다. 이곳에서 시바와 함께 일하는 한 이런 일들도 이해하고 받아들여야 한다. 그래야 몸과 마음이 버틴다.

항복의 의미로 두 손을 번쩍 들었다.

"하아, 됐어요. 아무튼 더 이상 가게에서 이상한 여자의 기운을 느낄 일은 없다는 거죠? 그걸로 만족할래요."

"세상에! 그런 기운을 느꼈어? 아이고, 섬뜩해라. 미리 말 좀 해 주지."

시바가 몸을 부들부들 떠는 시늉을 한다.

참다못한 다로가 결국 "작작 좀 해요!"라며 소리를 질렀다.

바다가 들리는 편의점 4

초판 1쇄 발행	2025년 7월 10일
초판 8쇄 발행	2025년 9월 5일

지은이	마치다 소노코
옮긴이	황국영

책임편집	주소림
디자인	MALLYBOOK 최윤선, 오미인, 조여름
책임마케팅	최혜령, 박지수, 도우리
마케팅	콘텐츠 IP 사업본부
해외사업	한승빈
경영지원	백선희, 권영환, 이기경, 최민선
제작	재영P&B
교정·교열	서은미

펴낸이	서현동
펴낸곳	㈜오팬하우스
출판등록	2024년 5월 16일 제2024-000141호
주소	서울시 강남구 테헤란로 419, 11층(삼성동, 강남파이낸스플라자)
이메일	info@ofh.co.kr

ⓒ 마치다 소노코

ISBN 979-11-94930-47-1 (03830)

모모는 ㈜오팬하우스의 출판브랜드입니다.
· 이 책은 저작권법에 따라 보호받는 저작물이므로 무단전재와 무단복제를 금지하며, 이 책 내용의 전부 또는 일부를 이용하려면 반드시 저작권자와 ㈜오팬하우스의 서면동의를 받아야 합니다.
· 책값은 뒤표지에 표시되어 있습니다.
· 잘못된 책은 구입하신 서점에서 바꿔드립니다.